O TALISMÃ
Walter Scott

O TALISMÃ

Walter Scott

adaptação

Clarice Lispector

ROCCO
JOVENS LEITORES

Título original
THE TALISMAN

Copyright da tradução e adaptação © 2005 *by* Clarice Lispector
e herdeiros de Clarice Lispector.

Direitos desta edição reservados à
EDITORA ROCCO LTDA.
Av. Presidente Wilson, 231 – 8º andar
20030-021 – Rio de Janeiro – RJ
Tel.: (21) 3525-2000 - Fax: (21) 3525-2001
rocco@rocco.com.br
www.rocco.com.br

Ilustrações de
MARIO ALBERTO

Printed in Brazil/Impresso no Brasil

CIP-Brasil. Catalogação na fonte.
Sindicato Nacional dos Editores de Livros, RJ.

L753t   Lispector, Clarice, 1920-1977
O Talismã / Walter Scott; adaptação e [tradução] de Clarice Lispector;
[ilustração de Mario Alberto]. – Rio de Janeiro: Rocco Jovens Leitores, 2013.
Primeira edição. – Adaptação de: The talisman / Walter Scott
ISBN 978-85-7980-163-1
1. Literatura infantojuvenil brasileira. I. Scott, Walter, Sir, 1771-1832.
II. Alberto, Mario. III. Título.
13-2032   CDD – 028.5   CDU – 087.5

Este livro obedece às normas do Acordo Ortográfico da Língua Portuguesa.

O TALISMÃ

Sumário

O cavaleiro solitário	11
A luta	14
O cristão e o sarraceno	17
A viagem	26
O Hamako	34
Uma rosa no deserto	41
O Rei inglês	48
O escocês	52
O médico	57
O cavaleiro e o Rei	62
Os conspiradores	69
O nó desatado	73
O anão vence o gigante	84
A aposta	89
A proposta	94
O cavaleiro enfrenta a morte	99
A Rainha Berengária	104
Ricardo começa a despertar	114
Ricardo desperta de costas para o perigo	122
Saladino presenteia o Rei	129
O negro escravo	136
O cavaleiro enfrenta a sorte	141
O disfarce	147
A prova do crime	153
A dura missão do cavaleiro	159
A resposta	165
Preparativos para o combate	170
Saladino	173
Os hóspedes no acampamento do Sultão	180
Caem os disfarces	184
Conclusão	194

O cavaleiro solitário

O sol abrasador da Síria não atingira ainda a sua intensidade máxima. Um guerreiro, exibindo a Cruz Vermelha e que viera de sua distante pátria do Norte, para se reunir aos Cruzados da Palestina, atravessava tranquilo a extensa planície de areia, próxima ao Mar Morto, onde se lançam as águas do Rio Jordão.

Viajava desde as primeiras horas da manhã. Transpusera desfiladeiros e precipícios e agora ali se achava contemplando a planura sem fim. O cavaleiro esqueceu o cansaço e a sede, os perigos de toda espécie, ao se lembrar de que ali se ergueram as cidades amaldiçoadas. O que restava do belo e fértil vale de Sodoma estava reduzido a isso: um deserto.

O viajante fez o sinal da cruz mal avistou a massa escura das águas, diferentes na cor e no aspecto das águas de todos os lagos do mundo. Debaixo delas estavam sepultadas as cidades que, um dia, chamaram sobre si o castigo do Senhor. E nenhum peixe nem barco esse estranho mar consente em suas águas maléficas.

A terra em volta não é mais que enxofre e sal. Não aceita sementes, não produz sequer uma ervinha. É morta como a água do lago. Além de estéril, parece abandonada pelos seus habitantes naturais. Nenhuma ave corta o espaço em voos elegantes nem o enche com seus cantos harmoniosos.

Esta cena de desolação o sol atormentava, àquela hora, com um calor quase insuportável. A natureza toda e tudo quanto tinha um sinal de vida se escondera, tentando livrar-se dos raios ardentes.

Como se fosse o único ser vivo na imensa planície, o cavaleiro das Cruzadas se movia, vagaroso, nas areias do deserto.

Sua roupa, desde o capacete até os sapatos de lâminas de aço, era imprópria para quem atravessava semelhante região.

Da cintura pendia-lhe, de um lado, uma espada de dois gumes. Do outro, um punhal e, presa à sela, uma lança, com a flâmula do cavaleiro.

Por cima do pesado vestuário usava uma espécie de sobrecasaca bordada, para impedir que os raios do sol batessem direto na armadura, tornando-a insuportável. Aí estavam bordadas as armas do cavaleiro: um leopardo deitado e a divisa: EU DURMO, NÃO ME ACORDEM.

O mesmo brasão se via no escudo, embora quase apagado pelos inúmeros golpes.

Um machado ou martelo de ferro – a maça de armas – placas e elos pendiam do cavalo, tão protegido metalicamente quanto o dono. Mesmo assim, nem o cavaleiro nem o corcel pareciam incomodar-se com o peso que os sobrecarregava. Ambos eram fortes.

Entre os numerosos cavaleiros do Ocidente mandados para a Palestina, muitos morreram antes de se habituarem ao rigoroso clima da região. Entre os que resistiram encontrava-se o solitário cavaleiro, que agora atravessava as paragens do Mar Morto.

A natureza dera-lhe extraordinário vigor. Tanto que não trazia marcas de cansaço, privações e rigores do clima.

E o moral parecia harmonizar-se com o físico.

Se o cavaleiro aguentava os maiores sofrimentos e os mais violentos exercícios sem fraquejar, conforme mostrava a expressão de seu rosto, concluía-se que devia possuir a força, o entusiasmo e o amor pela glória característicos da raça normanda a que pertencia.

Mas nem sempre a sorte estivera do seu lado. Conquistara fama, glória e privilégios religiosos. Em compensação seus recursos em dinheiro se esgotaram e com isso perdera a comitiva que o acompanhava, o escudeiro, os criados. Ia ficando cada vez mais só, na medida em que escasseavam os recursos.

Nunca adotara o sistema de outros Cruzados: explorar o povo palestino, exigindo-lhe presentes em troca de promessas. Infelizmente também nunca tivera sorte de fazer um prisioneiro de importância que o enriquecesse com valioso resgate. Portanto, estava só.

Apesar de sua força física, o cavaleiro do Leopardo não dispensava uma parada para uma refeição e descanso.

Assim, ao meio-dia, quando o Mar Morto já ficara para trás, resolveu parar onde avistava algumas palmeiras e um poço.

O cavalo acelerou o passo, também ansioso pela água fresca que lhe mataria a sede e o refrescaria.

No entanto, antes de chegar àquele ponto tão desejado, novos trabalhos e perigos teriam que enfrentar o cavaleiro e seu fiel cavalo.

A luta

> Refugiaram-se ambos no deserto, mas como
> guerreiros bem armados...
> MILTON – *Paraíso reconquistado*

Fixando atentamente as palmeiras distantes, o cavaleiro do Leopardo teve a impressão de que alguma coisa se movia junto delas. Logo esse vulto se afastou das árvores que o encobriam e aproximou-se rapidamente.

Era um guerreiro sarraceno, montado em veloz corcel. Turbante, lança e manto verde mostravam sua origem.

"No deserto não se encontram amigos", diz um provérbio oriental. Na incerteza, o cristão esperou-o de lança em riste, na mão direita, e rédeas presas com a esquerda. Enfrentaria o sarraceno com a calma e a confiança de quem está habituado a lutar.

O estrangeiro aproximava-se a todo galope, guiando o cavalo à moda árabe, com a pressão dos joelhos e movimentos do corpo. Assim podia manejar à vontade o leve escudo redondo, como se quisesse proteger o corpo de terríveis golpes da lança inimiga.

A sua lança comprida não se mantinha aprumada como a do adversário. Segurava-a pelo meio, levantando-a acima da cabeça.

Aproximava-se do inimigo, à rédea solta, esperando que este, por sua vez, fosse ao seu encontro.

Mas o cavaleiro cristão conhecia os costumes orientais. Não quis cansar sua montaria com trabalho inútil. Pelo contrário, parou, aguardando que o outro chegasse. Tinha certeza de que, no choque, o seu peso e o cavalo lhe dariam vantagem, sem precisar recorrer à rapidez dos movimentos.

O sarraceno percebeu a manobra. Chegando a pouca distância do cristão, guiou o cavalo para a esquerda e deu duas voltas ao redor do adversário.

O outro, entretanto, preveniu-se, voltando-se rapidamente e apresentando-se sempre de frente para o inimigo.

Frustrada a ideia de atacar de lado, o sarraceno recuou. Repetiu o ataque, sem resultado, e ia ao terceiro quando o cristão, para pôr fim à luta, empunhou a maça, pendurada na sela. Num golpe certeiro derrubou-o do cavalo.

Antes, porém, que o cristão pudesse aproveitar-se da vantagem, levantou-se e saltou para a sela sem pôr o pé no estribo. Já o outro recuperava a maça e estava à espera.

O oriental, lembrando-se da agilidade com que fora atingido da primeira vez, cuidou de se conservar fora do alcance da pesadíssima arma. Ao mesmo tempo mostrou sua intenção de prosseguir o combate à distância com armas mais ligeiras.

Armou rapidamente o arco, distanciou-se um pouco mais com duas ou três voltas do cavalo e atingiu o adversário com cinco ou seis flechas certeiras.

O cristão só não ficou muito ferido devido à proteção da armadura. Mas, na sétima flechada, o Cruzado, com estrondo, caiu do cavalo.

O sarraceno rápido curvou-se para ver o estado do inimigo. Com enorme surpresa, viu-se agarrado pelo outro que usara daquele recurso apenas para colocá-lo ao seu alcance.

Neste lance difícil não perdeu a presença de espírito. Desatou rapidamente o cinto e conseguiu libertar-se da prisão fatal.

Montou de novo o cavalo e afastou-se uns passos.

Na luta perdera, além do turbante, a espada e a aljava, ambas presas ao cinto que fora obrigado a largar. Isto pareceu dispô-lo a uma trégua. Aproximou-se do cristão de mão estendida e de fisionomia amistosa, dizendo, em linguagem franca:

— Se há tréguas entre as nossas nações, por que havemos nós de combater? Façamos as pazes.

— Concordo — respondeu o cavaleiro, ainda deitado. — Mas que garantia me dás da tua sinceridade?

— Um filho do Profeta nunca falta à sua palavra — respondeu o emir, pois era essa a categoria do inimigo oriental. — Quanto a ti, devia também exigir-te garantias, se não soubesse que a traição raramente se alia à coragem.

— Pela cruz da minha espada — disse o cristão, pousando a mão nos copos da arma. — Serei teu companheiro fiel, enquanto o Destino quiser que estejamos juntos.

— Por Maomé, profeta de Deus e por Alá, Deus do Profeta — respondeu o sarraceno — não há traição contra ti dentro de mim. Agora vamos para o poço, pois está na hora do descanso e eu mal molhara os lábios quando te avistei e me despertaste o desejo de combater.

O cavaleiro do Leopardo concordou cortesmente com a proposta e os dois novos amigos se encaminharam, lado a lado, para o grupo das palmeiras.

O cristão e o sarraceno

Entre dois companheiros que conversam para matar
o tempo, há sempre afinidades de pensamentos e de sentimentos
se nos seus corações arde a chama do amor.

SHAKESPEARE

Nos perigos e lutas mais acesos há sempre períodos de calma e de paz. No tempo de nossa história, isto acontecia igualmente, pois nessa época a guerra era considerada a ocupação mais honrosa para o homem e os intervalos de paz eram muitos apreciados pelos guerreiros ainda que raramente ocorressem.

Ter ódio a um inimigo era pouco digno, mesmo que se tivesse combatido com ele na véspera, e no dia seguinte se voltasse a combater.

Muitas eram as razões que impediam os homens de terem uma convivência pacífica. As diferenças de religiões e o fanatismo atiravam um grupo contra o outro.

O campo para o crescimento das paixões era muito amplo.

Lutava-se pela fé, pela política, pelos ideais filosóficos, pelo amor. E as tréguas entre as nações ou entre dois inimigos eram respeitadas com escrúpulo.

A guerra era o maior dos males e, por isso, favorecia a expansão de sentimentos generosos, de boa-fé e mesmo de amor, o que não acontece em tempo de paz prolongada: as más paixões recalcadas consomem a alma daqueles que as abrigam. Sob a influência de muito bons sentimentos, o cristão e o sarraceno, que, pouco antes, se enfrentavam como inimigos, cavalgavam, lado a lado, para a fonte das palmeiras.

Estavam ambos calados e pensativos – assim como se tomassem fôlego, depois de um encontro terrível que quase fora fatal para os dois.

Os cavalos também pareciam apreciar esse intervalo de sossego.

O terreno movediço do deserto dificultava o passo e aumentava o cansaço dos animais.

O cavalo do cristão tinha o corpo coberto de suor, o que obrigou o cavaleiro a saltar da sela e levá-lo pela mão.

– O teu cavalo merece todos os cuidados, amigo, e acertaste em aliviá-lo – observou o sarraceno, abrindo a boca, pela primeira vez, desde o acordo de tréguas. – Mas o que podes fazer com um animal que, a cada passo, se enterra tão fundo na areia?

– Dizes bem – respondeu o outro, um tanto ofendido pela forma como fora criticada a sua montaria. – Mas fica sabendo que no meu país ele já me transportou através de um vasto mar, sem molhar sequer um pelo acima dos cascos.

O outro acolheu a afirmação com surpresa. E, expressando dúvida, falou:

– Se o afirmas é porque sabes... Mas sempre ouvi dizer: *"Dá ouvido a um franco e contar-te-á uma história."*

– Não és educado, infiel, duvidando da palavra de um Cruzado. Afirmo ainda: não só eu, mas quinhentos cavaleiros bem armados, atravessamos, montados em nossos cavalos, mais de quatro milhas sobre a água. E ainda mais: a superfície do líquido era tão sólida, naquele momento, como o cristal, e dez vezes menos quebradiça do que ele. Então, supões que invento?

– Que pretendes me fazer acreditar? Bem sei que não há mar nenhum no mundo todo que resista à pressão da pata de um só cavalo...

– Cada um fala e crê conforme seus conhecimentos – respondeu o cavaleiro cristão. – No entanto, afirmo-te que falo a verdade. No teu país o sol transforma a terra numa poeira tão movediça quanto a água. No meu, o frio torna a água dura como um rochedo. Mas será melhor não falarmos nos lagos de minha terra no inverno. Este deserto de fogo fica mais horrível de se suportar.

O árabe ainda tentou descobrir o sentido oculto das palavras que pareciam envolver um gracejo ou um mistério. Por fim, disse:

– Segundo creio, és um desses cavaleiros franceses que se divertem contando coisas incríveis, impossíveis de serem realizadas. Fiz mal em contradizer-te, pois em ti deve ser mais natural gracejar do que dizer a verdade.

– Não sou francês nem conto proezas impossíveis. Peço-te apenas que acredites e não pensemos mais no caso.

Então, já haviam chegado ao grupo das palmeiras e à fonte que faziam do lugar um verdadeiro paraíso. Em qualquer outra região o local nenhum valor teria. Mas ali havia duas coisas preciosas: água pura e sombra fresca, bens sem preço na imensidão do deserto.

Os dois viajantes pararam e o primeiro cuidado foi aliviar os cavalos dos pesados arreios e levá-los a beber antes que eles próprios o tivessem feito. Foram assim, soltos: sua dedicação os manteria perto dos donos e amigos, que se estenderam na relva para um repouso ligeiro, antes da refeição.

Foi neste momento que se olharam com curiosidade, como se cada um desejasse formar opinião sobre o outro.

Entre ambos, o mais belo contraste: eram bem os representantes de duas nações opostas.

O cristão ainda não devia ter chegado aos trinta anos. Era o legítimo guerreiro normando. Cabelos castanhos, fartos, anelados. Pele bastante clara, embora queimada pelo sol do deserto.

Olhos azuis, bem rasgados. Nariz perfeito. Tudo formando um agradável conjunto. Um belo homem: alto, forte, ágil, bem-feito, todo bem proporcionado, embora musculoso. Voz firme, no tom do homem habituado a mandar e a exprimir em voz alta, sem receios, o seu pensamento.

O sarraceno era o oposto. Embora de estrutura mediana, mais baixo que o europeu, podia ser considerado, entretanto, gigantesco. A magreza, os braços delgados, as mãos finas e secas harmonizavam-se com o todo. À primeira vista o homem não revelava a força e a agilidade que demonstrara no combate.

Assim, todos os seus ossos, nervos e músculos deviam resistir melhor aos cansaços e trabalhos do que os do guerreiro cristão.

Feições bem orientais. Rosto miúdo, estreito, moreno, oval, delicado. Cabelos pretos. Comprida barba negra tratada com cuidado especial. Olhos vivos, profundos, também negros. Boca pequena, nariz perfeito.

Em suma, estendidos na relva, os dois formavam o mesmo contraste que podia existir entre a lâmina de Damasco, em forma de meia-lua, que era o alfange do sarraceno, e a pesada espada do cristão, pousada, no chão, a seu lado. Eram, contudo, dois belos homens na flor da idade.

O mesmo contraste se poderia notar na refeição de ambos.

A do sarraceno compunha-se de algumas tâmaras e um pouco de pão de centeio, completada com água da fonte.

As provisões do cristão eram mais substanciais e mais grosseiras: carne de porco defumada e vinho.

O cavaleiro europeu comeu e bebeu com grande e real prazer, no que foi intimamente reprovado pelo oriental, para quem comer e beber eram apenas uma função indispensável à vida. Por isso não pôde deixar de comentar:

— Valoroso nazareno — disse espantado — será próprio de um homem, que combate como um leão, comer como um lobo? Os próprios judeus se haveriam de horrorizar se o vissem saboreando tal comida como se fosse o melhor fruto do paraíso...

— Amigo sarraceno, aquilo que a um judeu é proibido, um cristão pode fazê-lo.

E, dizendo isso, tornou a beber.

— Então é a liberdade cristã de que tanto falam? Comes como os animais e desces à condição dos brutos, bebendo o que eles rejeitam.

— És um louco, amigo, maldizendo os dons do Senhor. O sumo da uva, quando se bebe com moderação, faz esquecer o cansaço do trabalho, reanima o coração que está doente ou triste. Podemos dar graças a Deus tanto pelo pão quanto pelo vinho de cada dia. E mesmo aquele que o usa em excesso é menos louco do que tu, na tua abstinência.

Um brilho de ódio faiscou nos olhos do sarraceno. Mas durou um instante, apenas:

– Tenho compaixão de ti, nazareno. A liberdade cristã, que tanto apregoas, te condena à maior escravidão e tu não sabes. A tua lei te impõe o casamento com uma só mulher, seja ela doente ou sã, proporcione-te alegria ou não, ou leve a desordem à tua mesa e ao teu leito. A nós o Profeta concede os privilégios da escolha sucessiva da beleza, neste mundo, e, para além do túmulo, as alegrias do paraíso...

– Em nome de Deus que venero no céu e daquela que adoro na terra, o cego és tu e posso prová-lo. Esse diamante que trazes no dedo é, sem dúvida, de grande valor, não é?

– Em Baçora e Bagdad não se encontra outro como este – respondeu o sarraceno. – Mas, que tem o anel com a nossa discussão?

– Tem e muito. Quebra essa pedra. Cada um dos pedaços valerá tanto quanto a pedra inteira?

– A comparação é tola – respondeu o emir. – É claro que os fragmentos não valeriam a centésima parte da pedra inteira.

– Pois aí está – concluiu o cristão. – O amor que nós consagramos a uma única dama formosa e fiel representa o brilhante inteiro, enquanto que o afeto que repartes entre as tuas muitas mulheres, que não são escravas nem esposas, pode comparar-se aos muitos fragmentos do brilhante, pequenos e sem valor.

— Pelo santo Cabá! — protestou o emir. — Repara no meu anel. O brilhante perderia metade da beleza se não estivesse cercado das pedras miúdas que o tornam maior e mais belo. A pedra do meio representa o homem firme e superior, cujo valor está em si próprio. As pedras menores são as suas mulheres que recebem dela a luz, distribuída como e quando o homem quer. Sem a pedra do meio ela terá o mesmo valor, mas os diamantes pequenos, comparativamente, ficam valendo muito menos.

— Falas como um homem que nunca encontrou uma mulher digna do seu amor. A formosura de nossas mulheres afiam nossas espadas e lanças, e os desejos são leis para nós.

— Tenho ouvido falar dessa mania dos guerreiros do Ocidente e acho que isto é sintoma de loucura. A mesma loucura que impele a vir até aqui para conquistar um túmulo vazio. Os franceses falam de suas mulheres com tal exaltação que seria um prazer para mim conhecer tais belezas.

— Se eu não estivesse em peregrinação ao Santo Sepulcro teria muito prazer em te conduzir ao acampamento de Ricardo da Inglaterra, onde poderias contemplar as mais sedutoras damas da França e da Inglaterra.

— Pela pedra de Cabá! Aceito tua oferta, se quiseres adiar a peregrinação. E acredita, nazareno, que seria melhor voltares para o campo dos teus, do que seguires para Jerusalém, arriscando tua vida, sem salvo-conduto.

— Eu tenho salvo-conduto — disse o cristão, mostrando um pergaminho assinado e selado pela mão de Saladino.

O sarraceno curvou-se até o chão, logo que viu o selo e a conhecida assinatura do Sultão da Síria e do Egito. Depois de beijar o documento, devolveu-o ao cavaleiro, dizendo:

– Foste louco em não me mostrar este salvo-conduto, antes da luta. Arriscaste a tua vida e a minha.

– Atacaste-me primeiro e não seria bom para minha honra usar tal defesa perante um só homem.

– Mesmo assim, um só bastou para interromper a tua viagem – concluiu o emir, com orgulho.

– Tens razão, amigo, mas não é fácil encontrar muitos como tu. Falcões da tua espécie não costumam voar em bandos e, se o fazem, não atacam juntos uma ave só.

– Só me fazes justiça – concordou o sarraceno, satisfeito. – Mas eu me considero muito feliz por não ter morto alguém que traz consigo o salvo-conduto do Rei dos Reis. Podes estar certo, cristão, que a espada ou a corda vingariam tua morte.

– Alegra-me saber o valor desse documento, pois ouvi dizer que o caminho está infestado de ladrões. Quero completar minha peregrinação, suceda o que suceder. Por ora, desejo unicamente que me ensines o caminho até o lugar onde devo passar a noite.

– Vais passá-la na tenda de meu pai – falou o emir.

– Sinto ter de recusar, mas devo passar a noite em oração e penitência, na cela de um santo homem chamado Teodorico de Engaddi, que vive neste deserto e dedica seus dias ao serviço de Deus.

– Acompanhar-te-ei até lá.

– Agradeço-te muito, mas receio pela segurança futura do bom eremita. As mãos cruéis da tua gente muitas vezes se têm manchado com sangue dos servos de Deus. É por isso que aqui viemos armados de lança e espada, não só para abrir caminho para o Santo Sepulcro, mas também proteger os eremitas, os eleitos que vivem nesta terra de promessas e milagres.

– Os sírios e gregos têm mentido muito a nosso respeito. Seguimos apenas os preceitos dos sucessores de nossos profetas. Temos ferido os sacerdotes de Satanás e poupado os homens bons que, sem semear a discórdia entre nós, prestam culto a Jesus, filho de Maria. Aquele que tu procuras, Teodorico, é bom e merece o nosso respeito.

– É verdade – confirmou o cristão. – E eu saberia defendê-lo de todos os pagãos e infiéis.

– Não nos desafiemos, irmão. O santo Teodorico é protegido tanto pelos turcos como pelos árabes e comporta-se tão bem que merece a proteção do teu profeta e daquele que foi enviado...

– Sarraceno, juro que, se ousas reunir o nome de um condutor de camelos de Meca com o de...

Ao ouvir isso, o emir teve um impulso de cólera. Dominou-a num instante e respondeu:

– Não ofendas a quem não conheces. Tanto mais que nós respeitamos o fundador de tua religião, ainda que condenemos a doutrina que os teus sacerdotes pregam. Serei teu guia até lá, porque, sem isso, terias grande dificuldade em encontrá-lo. Enquanto estivermos juntos não voltaremos a falar de religião. É um assunto para religiosos. Fiquemos com as coisas próprias a guerreiros novos e alegres. Falemos de combate, de belas mulheres, de torneios e do valor das nossas armas.

A viagem

As canções são como o orvalho do céu no
meio do deserto: refrescam o caminho ao viajante.

— UM POETA

Ao fim da refeição e depois de terem descansado algum tempo, os dois guerreiros reiniciaram a viagem.

Ambos se tratavam como amigos. Auxiliaram-se mutuamente no trabalho de aparelhar os animais e nos preparativos para a caminhada.

Estavam habituados àquele tipo de tarefa. O cavalo ocupava lugar importante em suas vidas e merecia deles o máximo de cuidado e atenção.

Antes de partirem, o cristão bebeu ainda uns goles e mergulhou as mãos na água fresca, dizendo:

— Qual seria o nome desta maravilhosa fonte? Gostaria de guardá-lo, para sempre, em minha memória.

— Em língua árabe significa *Diamante do Deserto*.

— O nome é merecido — comentou o cristão. — Nunca em minha terra encontrei uma nascente que tanto bem me tivesse feito. Certamente por estar num lugar em que representa um tesouro não só delicioso como indispensável.

— Tens razão: a maldição de Deus ainda pesa sobre o Mar Morto, em cujas ondas nem homens nem animais podem matar a sede.

Há muitas horas haviam montado a cavalo e prosseguiam a jornada através da planície arenosa. Seguiam calados.

O sarraceno servia de guia.

Depois de algum tempo, quando parecia bem seguro da direção, mostrou-se disposto a conversar com mais liberdade do que se usa em sua raça.

— Perguntaste-me há pouco o nome daquela fonte, embora não fosse ela uma coisa viva. Permite-me agora que te pergunte o nome do companheiro que o Destino me deu hoje e que já deve ser conhecido mesmo nos campos da Palestina.

— O meu nome é desconhecido ainda — respondeu o cristão. — Entre os Cruzados sou conhecido pelo nome de Kenneth, o cavaleiro do Leopardo Deitado. Na minha pátria uso outros títulos, que soariam mal aos teus ouvidos. Posso saber também, bravo sarraceno, de qual das tribos da Arábia descendes e qual o nome por que és conhecido?

— *Sir* Kenneth — respondeu o muçulmano. — Não sou árabe, mas minha raça não é menos nobre, heroica e guerreira do que a deles. Eu me chamo Sheerkhof, o Leão da Montanha e, em todo o Curdistão onde nasci, não encontras família mais nobre do que a de Seljook.

— Ouvi dizer que é essa a origem do vosso Sultão...

— É verdade, graças ao Profeta. Mas, comparado com ele, nada valho, sou um inseto. Quantos homens armaste para esta guerra?

— Com o auxílio de amigos e parentes, consegui cinquenta e tantos homens. Uns desertaram, outros morreram em combate ou de doença. Por fim, o meu escudeiro, por cuja vida empreendi esta viagem, está na cama vitimado por grave enfermidade.

– Cristão – esclareceu Sheerkhof – trago cinco flechas empunhadas na minha aljava. Cada uma que eu enviar às minhas tendas, fará levantar mil guerreiros armados e se eu finalmente mandar o arco, dez mil montarão a cavalo. Ao todo quinze mil homens cobrirão as areias do deserto. E contra forças assim vieste tu, com cinquenta homens apenas, invadir uma terra da qual sou um dos mais fracos defensores?

– Pela cruz de minha espada! – exclamou o cristão.

– Deves saber que duas luvas de ferro podem esmagar milhões de mosquitos.

– Concordo, mas para os esmagar é preciso apanhá-los primeiro – disse o sarraceno, com um sorriso de zombaria.

– E com tão poucos homens te propões a me proteger e garantir no campo dos teus irmãos?

– Entre nós, sarraceno, o nome de um cavaleiro e o sangue ilustre bastam para que mereça todo o respeito. O próprio Ricardo de Inglaterra não poderia negar-se a um desafio, se ofendesse a honra de um cavaleiro.

– E têm liberdade igual para amarem as mulheres da família dos vossos príncipes e chefes?

– Um cavaleiro, o mais pobre entre os pobres, pode dedicar seu coração, sua espada e a glória de seus feitos à mais bela princesa.

– Já me disseste que, entre os cristãos, o amor é o maior tesouro da alma. Decerto já dedicaste o teu a uma dama formosa e de nobre família.

– Estrangeiro – respondeu o cristão –, é certo que o alvo do meu amor está altamente colocado. Mas se queres ouvir narrativas de amor, enfrenta o risco e vem ao campo dos cristãos. Aí encontrarás em que ocupar teus ouvidos e tuas armas.

O guerreiro oriental ergueu-se nos estribos e levantou a lança:

— Sei que nunca encontrarei um Cruzado que possa lutar comigo no arremesso desta arma.

— Não posso responder ao teu desafio. Mas no acampamento se encontram os espanhóis, habituados a manejar a lança à moda de tua gente.

— Esses são cães e filhos de cães! – gritou o sarraceno, com ódio. – E que vêm fazer aqui esses homens? Com eles não quero defrontar-me a sério ou por divertimento.

— Que eles não te ouçam falar assim – disse o cavaleiro do Leopardo. – Mas se quiseres usar o machado, encontrarás muitos guerreiros do Ocidente para satisfazer o teu desejo.

— Não, isto é coisa pesada para divertimento. Nas batalhas, não recuarei. Fora disso, nada.

— Pois eu gostaria que visses a acha de arma do Rei Ricardo. Perto dela, a minha é uma pena.

— Tenho ouvido falar muito no soberano dessa ilha. Você é comandado dele?

— Não. Embora tenha nascido na ilha que ele governa.

— Que pretendes dizer com isso? Por acaso, dois soberanos governam a mesma ilha?

— Exatamente – esclareceu *Sir* Kenneth. – É uma ilha com dois reinos: Inglaterra e Escócia. Eu sou escocês.

— Pelas barbas de Saladino. Dá vontade de rir. É muita ingenuidade do teu Rei. Vem aqui conquistar rochedos e desertos e disputar uma nação que tem um exército dez vezes maior que o dele e deixa que na ilha em que nasceu soberano haja outro a reinar. E embora o negues, tu e os que estão nessa expedição abandonaram a pátria dividida em partidos, e se sujeitaram ao domínio do Rei Ricardo.

A resposta de Kenneth foi arrebatada e cheia de cólera:

– Isso nunca!

Calaram-se ambos. O sarraceno já havia percebido que os cristãos, tal como os muçulmanos, eram agitados por lutas particulares e desentendimentos difíceis de apaziguar.

Como, porém, os sarracenos tinham o maior respeito pelas ideias alheias, o oriental não fez qualquer comentário sobre a contradição dos sentimentos de Kenneth, como escocês e como soldado da Cruzada.

Entretanto, conforme avançavam, o terreno mudava de aspecto.

Eram obstáculos diferentes dos que haviam vencido até ali. Encostas muito altas. Cavernas escuras cavadas nos rochedos. Grutas – as já citadas nas Sagradas Escrituras – abriam suas estradas negras.

O emir falou sobre o perigo que representavam. Eram esconderijo de animais ou de homens levados ao desespero pelas guerras e pelas violências, tanto de muçulmanos como de cristãos. Eram perigosos e não respeitavam raça, religião ou sexo.

O cavaleiro escocês, seguro de sua força, ouvia com indiferença a narrativa do amigo. Mas quando se lembrou que atravessava o deserto dos quarenta dias de jejuns e das tentações que ali sofrera o Filho do Homem, dominou-o um respeitoso temor.

E nada mais ouviu das futilidades que narrava o sarraceno.

A companhia do outro lhe fora agradável em outra ocasião e em outro lugar. Mas, ali no deserto, onde vagavam os espíritos malignos, expulsos dos corpos dos mortais, Kenneth julgava mais conveniente a companhia de um monge do que a daquele infiel e jovial emir.

Quanto mais penetravam nos caminhos escuros das montanhas, mais Kenneth se preocupava e mais se animava o sarraceno. E como Kenneth não lhe dava atenção, cantava em voz alta.

Tudo muito pouco apropriado aos pensamentos profundos e religiosos de Kenneth.

Eram canções em louvor do vinho, do amor e das mulheres. Tudo de maneira ofensiva ao espírito cristão do outro.

Como cristão e peregrino, na Terra Santa, deveria ele atravessar aqueles lugares em oração e penitência. Mas a situação era outra. Parecia que a seu lado havia um demônio tentador a lhe inspirar pensamentos pecaminosos.

Por fim, interrompeu a canção e disse com severidade:

— Sarraceno, embora vivas cego pelos erros de uma falsa crença, devias compreender que, para nós, cristãos, há lugares mais santos e outros em que o mal tem mais poderes. Não vou te explicar por que motivo estes rochedos escuros e estas cavernas, que parecem entradas do próprio inferno, são mais do agrado de Satanás e seus anjos. Basta dizer-te que, há muito, fui avisado pelos sábios e santos homens que conhecem bem esta região, para ter a maior cautela. Portanto, suspende a tua jovialidade pouco adequada a estes lugares e volta teus pensamentos para assuntos mais em harmonia com eles.

O sarraceno ouviu e acrescentou, com bom humor:

— És injusto para com teu amigo, meu bom *Sir* Kenneth. Não me ofendi quando te vi comer carne de porco e beber vinho... Por que te ofendes se eu suavizo a tristeza do caminho com alegres canções?

– Não censuro o teu gosto pela poesia alegre. Mas acho que, quando um homem percorre, como nós, os vales das sombras e da morte e onde vagueiam espíritos de demônios, mais convêm orações.

– Não digas mal dos demônios, cristão. Eu e os do meu país descendemos dessa raça que os teus amaldiçoam, mas temem.

– Essa descendência não me espanta. O que me espanta é que te orgulhes dela.

– Um bravo não pode deixar de se orgulhar por descender do bravo dos bravos.

E *Sir* Kenneth ouviu o companheiro confessar, sem qualquer espanto, a sua descendência diabólica. Mas não deixou de sentir-se um tanto aterrorizado, em tal companhia, naquele horrível local.

Fez o sinal da cruz e acompanhou a explicação que o outro lhe dava sobre sua origem. O cristão ouvia a estranha lenda da qual ainda restam vestígios no Curdistão. Fala essa lenda de uma aliança feita numa caverna entre o Rei dos persas e o Espírito das Trevas.

Depois de alguns minutos de reflexão, disse:

– Tens razão. A tua raça pode ser temida, mas nunca desprezada. Compreendo tua alegria ao atravessares estes sítios. É a mesma que nós sentimos quando pisamos a terra dos nossos antepassados.

Divertido, o emir concordou e começou a cantar uns versos antigos provavelmente escritos por algum adorador do Príncipe do Mal.

Os versos atribuíam à divindade fabulosa a origem do mal físico ou moral.

Kenneth começou a pensar em afastar-se do sarraceno, sem despedir-se, para assim manifestar sua repulsa. Pensou também em desafiar o infiel e deixá-lo morto, ali, para servir de pasto às feras do deserto.

Não chegou a fazer nada. Subitamente, sua atenção foi despertada por uma singular ocorrência.

O Hamako
(Em árabe: um louco com inspiração divina)

Os reis pediram esmola a um mendigo.

Começava a anoitecer. Mas a luz do dia ainda era bastante para deixá-los ver que alguém os seguia. Um homem magro e alto pulava de rochedo em rochedo. Escondia-se no mato com tal agilidade que mais parecia um selvagem. A semelhança mais se acentuava por causa do seu aspecto feroz e cabelos ouriçados.

O cristão já acreditava que a canção do sarraceno houvesse provocado a aparição de algum demônio.

"Mas quem me impede? – pensou Kenneth – "de liquidar o diabo e seu descendente? Quanto ao infiel a seu lado, poderia ficar com a cabeça esmagada, sem tempo de saber por quê. Bastava pegá-lo de surpresa." Mas o cristão era um homem leal. Viu que tal gesto mancharia suas armas para sempre.

Entretanto, com incrível ligeireza, escondendo-se atrás dos rochedos ou das moitas, a aparição vencia as dificuldades do terreno, seguindo-os sempre e agora bem mais de perto.

Finalmente, no exato momento em que o sarraceno terminava a canção, o tal homem, coberto com uma pele de cabra, saltou para o meio do caminho. Agarrou as rédeas do cavalo e obrigou-o a recuar. O cavalo, assustado, empinou e caiu para trás. Só não esmagou o cavaleiro porque ele saltou rápido para o lado.

O agressor largou o animal e atirou-se ao sarraceno. Este, apesar de moço e forte, foi subjugado e mantido sob o corpo do atacante. Nessa posição, irritado, mas, ao mesmo tempo, meio sorridente o emir gritava:

— Hamako, meu doido! Larga-me... Estás abusando de teus privilégios. Larga-me ou terei de puxar o punhal.

— O teu punhal! Puxa-o, se te atreves!...

Dizendo isto, arrancou o punhal das mãos do outro e o ameaçou do alto, por cima da cabeça.

O sarraceno, agora seriamente alarmado, gritava:

— Socorre-me, nazareno! Acode-me ou o Hamako me mata.

— Bem merecias que eu te matasse — falou o homem do deserto — só por teres cantado aquele hino em louvor do Espírito do Mal.

O cristão, até ali, assistira a tudo, petrificado. Agora, porém, compreendeu que devia interferir em defesa do companheiro em perigo.

Dirigiu-se ao vencedor e intimou:

— Deixa esse homem em paz. Quem quer que sejas, fica sabendo: jurei ser leal a este sarraceno e tu nada farás a ele. Ou terás de enfrentar-me.

— Muito bonito para um Cruzado! — falou o selvagem. — Lutar contra os da sua religião a favor de um infiel! Vieste ao deserto defender a Cruz ou a Satanás?

Apesar do protesto, levantou-se, soltou o emir e entregou-lhe o punhal.

O sarraceno, aborrecido, dirigiu-se ao homem do deserto:

— Não tornes a colocar a mão na rédea do meu cavalo e, muito menos, em mim. Garanto-te que te separo dos ombros esta feia cabeça. E quanto a ti, cristão, gostaria que, em vez de protestos, tivesses me defendido logo, quando o Hamako me atacou.

— Reconheço minha falta, amigo. Mas a estranha figura do agressor e a rapidez do ataque convenceram-me de que teu canto chamara o próprio demônio. Tal foi a minha confusão que deixei passar o tempo sem tocar em minhas armas.

— És um amigo cuidadoso demais — continuou o sarraceno. — Se o homem levasse mais longe a sua loucura, teu companheiro teria morrido sem teres levantado um dedo para o socorrer. Tua desculpa não serve, porque, ainda que ele fosse o diabo em pessoa, não estarias dispensado de combater a meu favor. E mais: tudo quanto ele fizer de mal, podes atribuí-lo a um de tua raça, pois ele é o santo que tu procuras.

— Ele?... — gritou o cristão, espantado. — Zombas de mim, sarraceno? Este não pode ser o santo Teodorico...

— Pergunta a ele, se não acreditas em mim.

— Sim, sou Teodorico de Engaddi, o peregrino do deserto. Sou o defensor da cruz. Inimigo dos hereges e dos filhos do demônio.

Enquanto falava, tirou uma espécie de chicote de ferro e o girou, com extraordinária destreza, por cima da cabeça.

— Eis o teu santo — disse o sarraceno, rindo da cara espantada do cristão.

Teodorico continuou girando o chicote em todos os sentidos e acabou por fazer em pedaços uma pedra que havia perto.

– É doido! – falou Kenneth.

– Mas não deixa de ser santo – continuou o muçulmano que, segundo sua crença, considerava os loucos como inspirados pelo céu. – Quando um olho é cego, o outro vê mais. Do mesmo modo: quando o raciocínio enfraquece para as coisas humanas, o entendimento se abre para o sobrenatural.

Nessa altura, Teodorico começou a gritar:

– Eu sou Teodorico de Engaddi, o flagelo dos infiéis. O farol do deserto. O Leão e o Leopardo serão meus amigos e se abrigarão na minha cela. A Cabra não receará os seus dentes. Louvado seja Deus!

E rematou a exortação com uma corrida e três saltos que deixaram o cristão assombrado.

O sarraceno explicou:

– Ele pede que o acompanhemos à sua cela, que é o abrigo mais próximo. O Leopardo és tu, pelo desenho no teu escudo. O Leão sou eu, pela significação do meu nome. A Cabra é ele, devido à roupa de peles. Mas convém segui-lo já, pois é ligeiro e podemos perdê-lo de vista. Vamos!

Contudo, segui-lo não era fácil. Aos saltos, conduzia os cavaleiros pelos caminhos cercados de precipício e tão estreitos que o próprio sarraceno, leve e já habituado, não o conseguia. Imagine-se o cristão de armadura pesada e o cavalo coberto de ferro!

Os perigos foram tantos que *Sir* Kenneth mil vezes preferiu estar num campo de batalha.

Assim, grande foi a alegria quando chegaram à caverna.

O santo acendeu uma tocha, que exalava forte cheiro de enxofre. Entraram os três. A caverna, por dentro, era dividida em duas partes. Na primeira, um altar com uma cruz, feita de duas canas, onde foram obrigados a amarrar os cavalos. Era a capela.

O sarraceno fazia tudo com naturalidade, mostrando conhecer os costumes do lugar.

No fundo da caverna, mais agradável, havia um quarto preparado. Duas camas, o chão limpo, coberto de areia fina e umedecido com água de uma fonte que brotava num dos recantos da gruta. Plantas e flores pendiam das paredes e duas tochas acesas tornavam o lugar iluminado, alegre e limpo.

A um dos cantos, utensílios de lavoura. Noutro, uma cavidade com a imagem da Virgem.

A mesa e duas cadeiras, feitas pelo eremita. Em cima da mesa, legumes e carne-seca, tudo disposto de tal maneira, que logo despertou a fome dos hóspedes. O lugar fresco e limpo era tranquilo e convidativo. Nada tinha a ver com a violência e a agressividade mostradas lá fora.

O cristão não sabia o que pensar.

O eremita era magro e as feições revelavam mais humildade do que nobreza. A figura gigantesca e o porte todo eram mais próprios de um militar do que de um eremita. Via-se em tudo que fora um homem que nascera para mandar e abandonara tudo para servir a Deus, na humildade e na pobreza.

O sarraceno olhava-o com veneração. Disse, em voz baixa, para Kenneth:

– Agora, ele está num de seus momentos de lucidez. Mas não falará enquanto não comermos. É o seu voto.

De fato, Teodorico mandou-os sentar. Depois uniu as mãos, abençoou os alimentos e comeram em silêncio.

Kenneth observava o contraste entre a atitude feroz de Teodorico, quando os encontrara, e a forma quase majestosa como desempenhava os deveres da hospitalidade.

Terminada a refeição, o eremita ofereceu bebida aos viajantes.

— Bebam, meus filhos — os dons do Senhor devem ser apreciados, desde que não se esqueça quem os concedeu.

Depois, retirou-se.

Kenneth queria mesmo que ficassem a sós para interrogar o sarraceno. Precisava saber muitas coisas. A mais importante delas: como um homem de atitudes tão loucas conseguira a consideração e o respeito dos mais ilustres teólogos de seu tempo?

Trazia consigo mensagens dos chefes da Cruzada. Essas mensagens eram o motivo principal de sua peregrinação. Mas antes de confiá-las ao eremita, precisava livrar-se de algumas dúvidas.

O sarraceno pouco lhe pudera informar. Sabia que fora um soldado e viera de Jerusalém com a intenção de passar o resto da vida na Terra Santa.

Depois, os sintomas de loucura trouxeram-lhe o respeito e o temor dos turcos e árabes. Para eles, os loucos têm inspiração divina. Passaram a chamá-lo HAMAKO, que quer dizer "louco inspirado por Deus".

Ninguém sabia ao certo o que pensar dele. Assim como dava lições de Teologia, falando com certeza e sabedoria, mostrava-se violento e arrebatado.

O seu chicote de ferro era temido por todos. Sabiam que punia até com a morte, desde que Deus, a verdade e a religião fossem os ofendidos.

O próprio Saladino dera ordens para que o respeitassem e o protegessem.

– Saladino – falou o emir – tem visitado, muitas vezes, este refúgio e, não só ele, mas muitos outros dos nossos e da mais alta categoria.

– Quem será?

– Não sei. Sei que possui um observatório, de grande altura, para olhar os astros.

Kenneth notara que, entre o eremita e o sarraceno, havia uma intimidade maior do que mostravam.

Decidiu, então, investigar melhor, antes de transmitir-lhe as mensagens dos chefes cristãos.

Foi assim que falou:

– É estranho! O nosso eremita, além de transtornado do juízo, confunde também os nomes. Tu me disseste que teu nome é Sheerkhof, mas, há pouco, ele te chamou por outro.

– Chamou-me Ilderim, nome que eu usava quando estava na tenda de meu pai. Entre guerreiros, sou o Leão da Montanha, título que conquistei com minha espada. Mas aí vem o Hamako... Vai nos convidar a dormir. Ninguém deve acompanhá-lo em suas vigílias.

De fato, chegando perto, o eremita disse:

– Abençoado quem nos deu a noite, depois do dia de trabalho. E o sono para repouso dos membros cansados e sossego para o espírito inquieto.

Os dois guerreiros responderam *amém*.

Ajudaram-se a livrar-se das pesadas roupas.

Deitaram-se, em seguida, e logo adormeceram.

Uma rosa no deserto

A mão que deixa cair rosas pode também oferecer louros.

Sir Kenneth não podia dizer quanto tempo dormira.
Acordou com a sensação de um grande peso no peito. Abriu os olhos e viu o eremita com uma das mãos pousadas no seu peito. Com a outra, segurava um pequeno lampião de prata, aceso.

– Silêncio – recomendou, diante do espanto do outro.
– Quero dizer-te algumas coisas que não devem ser ouvidas por este infiel. Levanta-te e segue-me sem ruído – foi a ordem.

Kenneth obedeceu. Antes, tentou afivelar a espada. O eremita murmurou:

– Para onde vamos, as armas espirituais te serão mais necessárias.

Os dois deslizaram como sombras para não despertar o sarraceno, que dormia a sono solto.

O eremita conduziu-o até o altar, onde os dois cumpriram os atos de devoção.

Daí em diante, a opinião de Kenneth começou a mudar. A severidade da penitência e o fervor da sua fé modificaram a sua opinião e sua atitude para com ele. Passou a respeitá-lo, como um discípulo diante do mestre.

Aí, nesse ambiente de mistério e recolhimento, o cristão foi iniciado nos segredos guardados pelo santo homem.

Mandou que trouxesse, de um armário secreto, um véu rasgado e com manchas escuras. Disse-lhe que era o mais rico tesouro da Terra e que ele, Teodorico, não era digno nem de contemplá-lo. Já havia feito, anos antes, um grande preparo para isto, refugiando-se, com sacrifício, nas cavernas. Tudo em vão. O inimigo o perseguia sempre. Feliz o cristão, a quem era permitido até tocar a relíquia! Depois dessa iniciação, perguntou ao cavaleiro:

– Vens da parte de Ricardo da Inglaterra?

– Venho pelo Conselho dos Príncipes Cristãos. O Rei não me deu suas ordens porque se encontrava doente.

– Quais são as tuas garantias?

As antigas suspeitas fizeram o cavaleiro vacilar um instante. Por fim, respondeu:

– Esta senha: "Os reis pediram esmola a um mendigo."

– Está bem... És leal e eu te reconheço. Mas tu sabes que a sentinela deve sempre perguntar "Quem vem lá?", tanto a amigos como a inimigos.

Então, encaminhou-se para a cela onde o sarraceno continuava adormecido profundamente.

Certo disso, fez sinal ao cavaleiro para segui-lo. Atrás do altar, apertou uma mola oculta e abriu-se uma porta, sem ruído.

A pedido do eremita, Kenneth envolveu-lhe a cabeça com o véu. Subiram uma escada escavada na rocha. O eremita, de olhos vendados, subiu, com facilidade, como alguém que conhece o caminho. Ao mesmo tempo, erguia o lampião para clarear a passagem do cavaleiro.

Chegaram a uma galeria subterrânea, fechada por uma porta gótica.

– Tira os sapatos, cristão. O chão que pisas é sagrado. Limpa teu coração e teu cérebro de todas as impurezas.

Concentraram-se os dois em oração. Teodorico ordenou que desse três toques na porta. O cavaleiro obedeceu, enquanto o eremita caía de joelhos.

No primeiro instante, a sensação foi de deslumbramento. Uma intensa luz e um suave perfume envolveram o cristão.

E o deslumbramento foi tão forte que o fez recuar.

Por fim, penetrou num suntuoso recinto escavado na rocha, com imagens esculpidas na própria pedra e cortinados bordados a ouro.

Era uma capela. Aí deveria estar encerrada alguma imagem ou relíquia preciosa, em honra da qual fora erguida a capela. Pelo menos, assim pensou Kenneth.

De fato, o cortinado abriu-se, sem que se visse a mão que o fizera. Apareceu, então, um armário dentro do qual havia um pedaço de madeira com estas palavras: *Vera Cruz*.

Ao mesmo tempo, ouvia-se um coro de vozes suavíssimas.

Quando o coro cessou, fecharam-se as portas e a cortina.

O cavaleiro permaneceu ajoelhado, em oração.

Em seguida, procurou o eremita. Encontrou-o deitado à porta da capela, como um cão. O que se notava nele era o respeito e a humildade de quem reconhece a própria indignidade. O cavaleiro aproximou-se para lhe falar. Mas o eremita mandou que esperasse. Retirou-se e fechou a porta. Esta se uniu à rocha de tal maneira que ninguém poderia reconhecer onde se encontrava.

Kenneth ficou só, tendo por única arma o punhal, que conservava oculto apesar da recomendação do eremita.

Estava disposto a enfrentar fosse o que fosse.

Assim, andou pela capela até que ouviu cantar o galo.

Então tudo se modificou. As portas se abriram. Abriram-se os cortinados. Os cânticos recomeçaram. Era um coro de vozes femininas. Não demorou, e a capela se encheu com uma estranha procissão. À frente, quatro jovens orientais. Atrás as mulheres que formavam o coro, de véus negros. Por último, seis noviças de véus brancos.

Passaram todas bem junto ao cavaleiro e nenhuma parecia tê-lo visto. Ele compreendeu que estava num desses conventos que continuavam a existir, secretamente, na Palestina, mesmo depois de conquistada pelos muçulmanos.

Assim, nada havia de extraordinário.

Numa segunda volta das mulheres, uma das noviças, ao passar por Kenneth, deixou cair uma rosa.

Apesar do respeito devido ao lugar e às freiras, Kenneth foi tomado de grande emoção.

Dominou-se mas não deixou de seguir, com o olhar, a figura da noviça que deixara cair a rosa. Tão semelhante às outras, seria difícil distingui-la se o coração não a pressentisse como uma presença amada.

O cavaleiro quis ter certeza de que não se enganava. Esperou a nova volta do cortejo. Desta vez, o fato não poderia ser mero caso. Nem a semelhança desta mão com outra que já beijara uma única vez, prometendo dedicar sua vida inteira à dona. E havia ainda o anel com o rubi, que não poderia esquecer.

A procissão saía, por onde havia entrado. Com um leve sinal de cabeça, para o cavaleiro, a noviça tirou-lhe qualquer dúvida: não estava sonhando.

Todas as luzes se apagaram e a porta se fechou com estrondo.

Vira e ouvira tudo muito bem. Era ela. Aquela que, em sua terra, aprendera a adorar de longe. Nunca ouvira sua voz, embora a tivesse contemplado de perto. A posição dela era muito mais elevada que a dele que, por único bem, tinha uma espada.

Dele se falava como bravo cavaleiro, belo, leal, forte, nobre de caráter. Sem dúvida, ela ouvira falar dele e de sua bravura. E apesar de sua alta posição, ligada pelo nascimento ao trono da Inglaterra, também se inclinara para ele.

De certa maneira, o Destino os havia aproximado: Edith era de sangue real, sem ser filha de rei, e o cavaleiro descendia de nobres.

Sem que tivessem trocado uma única palavra, os dois se amavam.

As dificuldades da vida perigosa do cavaleiro e a sua própria posição impediram que ela se aproximasse dele.

Quanto a ele, retraía-se com receio de ter interpretado mal as manifestações de simpatia que julgava receber dela.

Tal era o estado de espírito dos apaixonados, quando se deu o encontro. E a aparição de Edith, ali, deixou Kenneth profundamente impressionado.

As trevas e o silêncio reinaram na capela, onde permaneceu sozinho o cavaleiro do Leopardo. Dava graças por tudo quanto acontecera.

Um estridente assobio quebrou o silêncio.

Kenneth levou a mão ao punhal, em guarda para o que viesse. E veio: um casal de anões horrendos, vestidos da maneira mais grotesca.

Kenneth supôs ter, diante de si, um gnomo, espírito das cavernas sombrias.

Apesar da aparência monstruosa, seus olhos eram vivos e inteligentes.

O estranho par varreu toda a capela e depois se dirigiu a Kenneth:

– Eu sou o anão Netctabanus.

– Eu sou Genebra, sua esposa.

Quando iam iniciar uma conversa com o cavaleiro, que desejava mesmo algumas informações, uma voz o interrompeu:

– O trabalho acabou. Podem sair.

Os anões obedeceram.

A porta por onde Kenneth entrara abriu-se. O cristão viu o eremita deitado na mesma posição em que o deixara.

– Tudo acabou – disse, levantando-se. – Guia-me tu porque ainda não posso descobrir os olhos.

Assim fez o jovem cavaleiro.

Já na cela, o eremita tirou o véu e disse:

– Podes descansar. Eu não posso e nem devo. Vai.

Do outro lado, Kenneth pôde ouvir os ruídos e gemidos do homem penitenciando-se.

Um arrepio de terror percorreu-lhe o corpo. Qual teria sido o crime do eremita, que exigia tão rigoroso castigo?

Deitou-se. O sarraceno dormia, tranquilo.

Na manhã seguinte, quando acordou, teve, com o eremita, uma conversa importante que o obrigou a permanecer mais dois dias na gruta.

O Rei inglês

Muda a cena, as trombetas soam,
vamos acordar o leão no seu antro.

OLD PLAY

Vamos nos transportar, agora, desse deserto às margens do Jordão, para o acampamento do Rei Ricardo da Inglaterra.

Ali estavam ele e o exército que trouxera, com a promessa de o conduzir triunfante até Jerusalém.

Decerto essa promessa já se teria realizado, se não fossem os ciúmes dos outros príncipes cristãos – companheiros de Cruzada –, o seu próprio orgulho de Rei de uma grande nação e o desprezo que manifestava pelos outros soberanos. A isso tudo se somavam as discórdias e o clima. Havia ainda a deserção, não só de soldados mas de companhias inteiras, que desistiam vencidas pelo desânimo.

E a tudo acrescente-se a espada de Saladino, o mais famoso nome da história oriental. A sua tática de guerrilhas sempre ousadas, devido ao grande número de seus soldados, foi devastando pouco a pouco, o exército invasor.

Todos esses males poderiam ter sido de certo modo superados se o Rei Ricardo não tivesse adoecido.

A preocupação, o cansaço e o clima enfraqueceram o leão inglês.

Fora atacado por uma dessas febres comuns na Ásia e, apesar de sua força e coragem, teve que se afastar das atividades de guerra.

A imobilidade forçada não deveria tornar-se aflitiva para o grande chefe Cruzado. Na verdade, o Conselho havia aceito uma trégua de Saladino. O que afligia Ricardo, porém, era o fato de os soldados, com o seu afastamento, estarem abrindo trincheiras e construindo fortificações, o que significava que se preparavam para a defesa e não para o ataque.

O Rei inglês irritava-se com essas notícias e com isso mais se agravava sua doença. E, irritado, o Rei era temido por todos. Ninguém o enfrentava. Nem os médicos ou os enfermeiros.

Havia entretanto, entre os fidalgos que se dedicavam ao Rei, um que se atrevia a enfrentá-lo nos acessos de cólera, tratando-o com serenidade e firmeza. Era *Sir* Tomas. Entre os muitos títulos que possuía, usava o de *Lord* de Vaux e a maioria assim o chamava. Era o companheiro certo de Ricardo, talvez pela enorme semelhança entre o seu caráter e o do Rei.

Nesse tempo do doença de Ricardo, *Sir* Tomas não saía de seu lado, dando-lhe remédios, alimentos, atendendo-o em suas impaciências. O tempo para seu próprio repouso era nenhum.

Excetuando Tomas de Vaux, ninguém mais se aventurava a entrar na tenda do Rei, que era bem de acordo com a pessoa que a ocupava. Seu aspecto era mais guerreiro que opulento. Armas por toda parte e de toda espécie. No chão, tapetes de peles de animais e, estendidos sobre eles, três galgos, enormes e brancos como a neve. Espalhados em almofadas e sobre a mesa o escudo, a coroa, a tiara bordada, a pesada acha de armas, tudo com a insígnia da soberania inglesa.

– Não tens melhores notícias a dar-me? – perguntou, naquele dia, o Rei, a Tomas de Vaux. – Nossos cavaleiros transformaram-se em mulheres e as mulheres em freiras? Onde o valor e o entusiasmo da melhor cavalaria da Europa?

– Resultados da trégua, Senhor – respondeu De Vaux, repetindo uma explicação que já dera inúmeras vezes. – A trégua proíbe-nos a luta. Quando às damas, pouco sei. Mas consta-me que Sua Majestade, a Rainha, acompanhada de suas damas, foi em peregrinação ao convento de Engaddi, para rogar pelas melhoras de Vossa Majestade.

– Achas certo – insistiu o Rei – que damas e meninas de sangue se arrisquem numa região povoada de cães infiéis, falsos e sanguinários?

– Não é tanto assim, meu Senhor. A palavra de Saladino lhes garante a segurança.

– Tens razão. Fui injusto. Preciso desculpar-me perante esse infiel – disse Ricardo, estendendo o braço e agitando-o como se fosse a espada.

De Vaux obrigou-o a deitar-se. Disse-lhe que precisava curar-se depressa, antes que algum, entre outros príncipes, fosse escolhido para comandar o exército cristão.

– E já foi indicado alguém?

– Sim, o Rei Felipe de França. Ou o Arquiduque da Áustria ou o Grão-Mestre dos Templários... – ia sugerindo De Vaux, tentando distrair o Rei da sua impaciência de doente.

Em todos, porém, iam os dois apontando falhas e defeitos, que arrancavam de Ricardo ruidosas gargalhadas.

De repente soaram os clarins.

Ricardo tentou saltar da cama e apanhar as armas.

– São turcos – dizia, exaltado e no delírio de febre. – Entraram de surpresa no acampamento!

Mais uma vez, Tomas de Vaux teve que contê-lo e obrigou-o a deitar-se.

– Perdoa minha impaciência – falou Ricardo. – Mas peço-te que procures saber quem são os estrangeiros que se encontram em nosso acampamento, pois estes clarins não são nossos.

De Vaux obedeceu e saiu da barraca, recomendando aos criados a máxima vigilância. Seriam eles os responsáveis pelo que sucedesse ao Rei.

A ameaça deixou os serviçais aterrorizados, porque, depois da cólera do Rei, o que mais temiam era a cólera de *Sir* Tomas.

O escocês

Nunca, até hoje, escoceses e ingleses se encontraram sem que o sangue corresse, como a chuva corre e inunda as ruas da cidade.
BATALHA DE OTTERBOURNE

Tomas de Vaux deu alguns passos fora da tenda e logo reconheceu que Ricardo tinha razão. Os sons eram clarins sarracenos.

Uma surpresa, sim, mas não um ataque.

Os muçulmanos de turbantes brancos, bem armados, montados em dromedários, tinham, à sua frente, o cavaleiro do Leopardo: *Sir* Kenneth.

De Vaux, como inglês que era, não podia esconder o desprezo e a repugnância que sentia pelos escoceses. Com ar de desdém, ia passar, como se nada tivesse visto, sem ao menos procurar saber a razão da presença do inimigo no acampamento.

Mas o cavaleiro do Leopardo dirigiu-se a ele, cortesmente:

– *Milord* de Vaux, fui encarregado de falar-vos.

– A mim?! – exclamou o inglês. – Estou às vossas ordens. Mas depressa, pois tenho que cumprir uma ordem do Rei.

– O assunto que me traz interessa de perto ao Rei Espero restituir-lhe a saúde.

– O cavaleiro não é médico ao que eu saiba – observou o outro, incrédulo.

– Vamos falar claro. Trago comigo um médico mouro que se responsabiliza pela cura do Rei.

– Um médico mouro?! E quem garante que, em vez de remédio, não traz veneno?

– Ele oferece a sua vida como fiança. Além disso, Saladino, que todos sabem ser um inimigo leal e generoso, mandou uma escolta acompanhá-lo, para provar o alto conceito em que tem o Rei. Mandou frutas, refrescos e votos de restabelecimento para que, em breve, ele e o Rei possam enfrentar-se de espada em punho.

– Tem graça! Como posso confiar em Saladino, se uma traição poderia livrá-lo de seu mais terrível adversário?

– Garanto eu, com minha honra, minha vida e meus bens.

– E posso saber como está envolvido neste assunto?

– Fui encarregado de transmitir um recado ao santo eremita Teodorico de Engaddi.

– Que espécie de recado e qual foi a resposta?

– Não posso dizer, *Milord*.

– Mas eu também pertenço ao conselho Secreto de Inglaterra.

– Sim... Eu sei. Mas fui mandado pelo Conselho Geral dos Reis e Príncipes, pelos Supremos Generais do Exército da Santa Cruz e só a eles darei contas.

– Nesse caso, devo dizer que ninguém se aproximará da cama de Ricardo sem o meu consentimento e desgraçado de quem tentar fazê-lo.

Ia retirar-se quando o escocês lhe tolheu o passo e, em voz grave, fez um solene juramento pela sua honra de cavaleiro e Cruzado.

O inglês ficou impressionado e respondeu, mais cordial:

– Acha, senhor cavaleiro do Leopardo, que eu procederia certo confiando a um desconhecido a saúde mais preciosa da cristandade?

– O meu escudeiro, o único homem da minha comitiva que sobreviveu às doenças e à guerra, foi atacado da mesma febre de que sofre o Rei Ricardo. Há duas horas o médico mouro começou a tratá-lo e ele dorme um sono reparador. Além disso, Saladino responde por ele. Confiemos no êxito da cura.

– Posso ver o escudeiro?

Kenneth permitiu, desculpando-se pelo estado de pobreza em que se encontrava sua tenda.

Encaminharam-se para o acampamento escocês, guiados por Kenneth.

Na verdade, tudo ali era abandono e ruína. Nem um único soldado restava ali para defesa do emblema do Leopardo Deitado.

Fora da cabana, um rapazinho, sentado junto a uma fogueira, fazia numa chapa, bolos de cevada – manjar favorito dos escoceses. – Pendurado na trave da cabana um quarto de veado. E seria fácil adivinhar como fora caçado, porque um galgo esplêndido, maior e mais belo do que os do próprio Rei, dormia perto da fogueira.

No interior da cabana central ocupada por *Sir* Kenneth, estava o doente. Homem forte, meia-idade, tinha as feições abatidas pela febre. Também aí reinava a pobreza, apesar de estar tudo rigorosamente limpo. A cama bem cuidada fora forrada com peças de roupa do cavaleiro que, assim, pensava tornar mais confortável a situação do criado.

Ao lado da cama, sentado à moda oriental, o médico velava. O doente dormia tranquilamente.

– Há seis noites não dormia – explicou *Sir* Kenneth, em voz baixa.

– Nobre cavaleiro – disse o inglês, apertando-lhe a mão num gesto amigo. – Isto não pode continuar. O escudeiro precisa ser cuidado conforme o seu estado exige.

Nesse ponto, o médico pediu-lhe silêncio e que saíssem para não prejudicar o efeito do remédio.

Lá fora, os dois cavaleiros pararam, um diante do outro.

Kenneth esperava que *Lord* de Vaux se despedisse e este parecia querer dizer alguma coisa.

O galgo rodeava o dono à procura de afagos.

Afinal, o *Lord* comentou:

– Lindo animal. Os do Rei não são mais belos. Mas o cavaleiro desconhece a ordem que proíbe a posse de cães de caça sem licença do soberano?

– Não a desconheço. Sigo a bandeira da Inglaterra e quando os clarins chamam sou dos primeiros a atender. Nunca ninguém me viu recuar. Mas acho que o Rei não tem direito de interferir nas minhas distrações.

– Concordo. Mas para que não cometa a loucura de desobedecer ao Rei vou enviar-lhe uma licença.

– Agradeço-vos. Perdoai-me se não correspondo como devo à vossa amabilidade. Mas creio ser melhor que o meu Roswald não saia daqui. Também não me envergonho de confessar que preciso dele para abastecer minha dispensa. Não creio que o Rei Ricardo roube a um cavaleiro o bocado de caça que o alimenta. Acho que as leis de caça deviam mesmo ser abolidas na Inglaterra. Com isso cessariam revoltas como as do arqueiro Robin Hood e seu lugar-tenente

João Pequeno. Seria preferível que o rei Ricardo pensasse em abolir tais leis em vez de as estabelecer aqui, na Terra Santa.

– Tolices, *Sir* Kenneth. Agora retiro-me mas voltarei à tarde para falar com o médico.

Os dois guerreiros despediram-se melhores amigos do que o eram até ali.

Antes de se retirar, De Vaux recebeu do cavaleiro as credenciais que Saladino enviara ao Rei Ricardo.

O médico

É mais útil ao Mundo a ciência do médico sábio
do que a força de exércitos poderosos.

ILÍADA

Na volta ao acampamento, Tomas de Vaux narrou a Ricardo tudo o que acontecera.

— O que me contas é estranho, Tomas — comentou o Rei. — Agora, mais do que nunca desejo ver esse médico e conhecer o cavaleiro que o trouxe.

— O cavaleiro Vossa Majestade já o tem apreciado nas lutas. É o cavaleiro do Leopardo e goza de boa fama.

— Bem merecida, é verdade. Eu seria um fraco general se não tivesse notado. Devo dizer-lhe que já o teria premiado, se não existissem certas razões que me impedem de fazê-lo.

— Quanto a isso, Majestade, já o fiz, sem saber que contrariava esse propósito.

— Tu?! — exclamou o Rei, surpreso e colérico.

— É verdade, meu Senhor. Usei do direito, que o cargo me confere, de conceder licença aos cavaleiros bem-nascidos, para terem um ou dois cães. Depois seria um crime fazer mal a um cão tão lindo como o do escocês?

— É assim tão belo?

— Nunca vi outro igual.

– Bem, deste a licença, está bem. Mas no futuro não sejas tão fácil em premiar um escocês. Agora, fala do médico do deserto... Não foi de lá que o escocês o trouxe?

Aqui, o *lord* narrou a história do encontro do cavaleiro com o sarraceno e tudo o mais que aconteceu na viagem de Kenneth à gruta de Engaddi.

O Rei enfureceu-se porque lá justamente se encontrava a rainha, em peregrinação.

– Pelo inferno! Quem se atreveu a mandá-lo a esse convento?

– Foi mandado pelo Conselho da Cruzada, mas não creio que os príncipes saibam a respeito da Rainha. Nem o próprio Kenneth.

–Veremos isso – disse o Rei. – Agora conta como veio parar aqui o médico mouro.

Lord de Vaux contou a aventura de Kenneth no deserto. Tudo o que sabia da luta e da amizade com o sarraceno. O encontro com o eremita na gruta onde o cavaleiro falou sobre a doença do Rei. A promessa de conseguir, com Saladino, o seu próprio médico.

A demora do cavaleiro, por mais dois ou três dias na gruta, à espera do médico. A chegada deste, como um príncipe, com escolta de Saladino. E a mensagem do Sultão para o Rei.

Tudo relatado, com os detalhes que conhecia, *Lord* de Vaux entregou a carta de Saladino. Ricardo leu, interrompendo com maldição cada vez que o nome de Alá e o Profeta eram mencionados.

Não terminou a leitura porque, em sua impaciência, desejava a presença do médico, quanto antes.

O barão, ainda desconfiado dos escoceses e árabes, saiu apressado. Antes de se dirigir ao acampamento de Kenneth, procurou o Arcebispo de Tiro, amigo de Ricardo. Pesava-lhe na consciência a ideia de o Rei ser tratado por um infiel.

Assim, depois de ouvir o arcebispo afirmar que, às vezes, com remédios extraídos das substâncias mais vis, os curandeiros obtinham bons resultados, dirigiram-se os dois ao acampamento de Kenneth.

— Se um infiel for capaz de curar o Rei, não vejo inconveniente em o aproveitarmos — dizia o eclesiástico.

Lord de Vaux explicou-lhe a possibilidade de uma traição e o caso de o sarraceno estar agindo de má-fé.

O arcebispo havia-se prevenido, desinfetando-se e aconselhando o outro a fazê-lo. Isto esclareceu, no espírito do barão, o fato de ter ele evitado sempre visitar o Rei, desde que este adoecera.

Altivo, de má vontade e com a intenção clara de humilhar o médico mouro, o arcebispo entrou na cabana do escocês.

Já seus trajes riquíssimos e sua figura imponente contrastavam com a simplicidade do ambiente e a modéstia do médico.

Ao cumprimento sereno do mouro: "A paz seja contigo", o arcebispo respondeu com a pergunta:

— És médico, infiel? Gostaria de falar contigo...

— Se entendes alguma coisa de Medicina, deves saber que nos quartos dos doentes os médicos nunca falam. É melhor sairmos.

Fora, puderam ver melhor a fisionomia do oriental. Bastante jovem, face lisa e brilho no olhar.

A primeira pergunta foi, então, para lhe saber a idade. O homem respondeu:

– Os anos dos homens contam-se pelas suas rugas e os do sábio pela sua ciência.

A resposta deixou os dois cristãos desnorteados. O sacerdote, retomando o ar de importância, quis outras provas da tanta ciência apregoada.

– Tendes a palavras de Saladino, que nunca mentiu a amigos ou inimigos. Não basta, nazareno?

– Queremos provar. Sem isto não permitiremos que chegues junto ao leito do Rei.

– O melhor elogio do médico é a cura dos doentes. Que mais desejas?

Soava, nesse momento, hora da oração. O árabe voltou-se para o lado de Meca e orou.

Em seguida, entrou na cabana. Aproximou-se do doente. Tirou uma esponja de uma caixinha de prata e passou-lhe no nariz. O escudeiro espirrou, acordou e olhou em volta. Reconheceu a alta categoria das pessoas presentes. Saudou o barão e pediu a bênção ao arcebispo.

– Conhece-nos? – perguntou De Vaux.

– Muito bem. Sois um nobre inglês pela cruz que vejo no vosso peito. E o vosso companheiro é um santo prelado.

– A febre desapareceu – falou o árabe. – O pulso está normal. Podemos ver.

De fato, o *lord* conferiu-o e exclamou:

– É maravilhoso! O homem está curado. Preciso levá-lo, sem demora, ao Rei Ricardo.

O árabe deu ainda uma bebida ao doente e disse:

– Bebe. Quando acordares, estarás curado.

Iam sair quando o escudeiro elevou a voz, sentando-se na cama:

— Onde está meu amo?

— Partiu para longe e vai demorar alguns dias — disse o arcebispo.

— Não é justo enganá-lo — corrigiu De Vaux. — O teu amo já regressou e breve tu o verás.

O escudeiro ergueu as mãos, deu graças a Deus e adormeceu.

— És melhor médico do que eu, *milord*. No quarto de um doente vale mais uma mentira agradável do que a verdade..

— Mas não estou mentindo. O cavaleiro do Leopardo já voltou e, ainda há pouco, estive com ele.

— Santa virgem! Por que não me disse mais cedo?

— Eu disse que o cavaleiro regressara, trazendo o médico. Mas que importância tem o seu regresso?

— Muita!... Vamos saber para onde foi; decerto há em tudo isso um grande erro...

Dirigiram-se ao rapaz, do lado de fora da cabana. Este informou que viera um oficial e chamara *Sir* Kenneth em nome do Rei.

A preocupação do arcebispo aumentou e o outro notou-lhe o mal-estar.

Não conseguindo dominar-se, o prelado despediu-se e partiu apressado.

Lord de Vaux entrou na cabana a fim de acompanhar o médico ao pavilhão de Ricardo.

O cavaleiro e o Rei

Este é o príncipe dos médicos. Se a febre ou a peste te consomem, olha para ele. A sua presença basta para pôr fim à tua tortura.

ANÔNIMO

Ao dirigir-se à tenda do Rei, *Lord* de Vaux parecia inquieto. Estava intrigado com a atitude do arcebispo. Era estranho que tivesse esquecido a maravilhosa cura e o que isto representava para salvar a vida do Rei, e se preocupasse com os gestos de um pobre e tão insignificante cavaleiro.

Muitas ideias passaram pelo seu cérebro pouco inteligente. Uma conspiração em que tomavam parte o médico, o escocês, Saladino e até o arcebispo – eis o que mais o preocupava. Assim, decidiu expor tudo a Ricardo, logo que chegasse.

Mas De Vaux esqueceu-se do gênio impaciente de Ricardo.

Assim que o barão se ausentou, o Rei mandara chamar Kenneth para obter dele as informações que desejava.

O cavaleiro se apresentou logo. Ricardo conhecia-o, de vista, pois, zeloso da sua posição e apaixonado, Kenneth não deixava de frequentar a corte, sempre que aparecia uma oportunidade.

Chegando, Kenneth aproximou-se do leito, saudou-o e ficou à espera.

– Chamas-te Kenneth, não é? Quem te armou cavaleiro?

– Guilherme, o Leão da Escócia.

– Espada digna de conferir essa honra e que não foi aplicada em ombros que não a merecessem. Conheço o teu valor no campo de batalha. Há muito poderias ter recebido o prêmio que mereces, se não fossem tua ousadia e tua presunção. Já é uma grande recompensa, o perdoá-las. Que dizes a isso?

Não houve resposta. O cavaleiro tinha consciência de sua ambição.

– Deixemos isso – continuou o Rei. – Quero saber por ordem de quem atravessaste o deserto e foste até Engaddi?

– Por ordem do Conselho dos Príncipes.

– Como se atreveram a dar-te essa ordem sem me informarem?

– Não me cabia indagá-lo. Sou um soldado da Cruz e sigo a bandeira de Vossa Majestade. Obedeço sem perguntas.

– Dizes bem. A culpa não é tua. Qual o objetivo da tua missão?

– Seria melhor Vossa Majestade fazer essa pergunta aos que me enviaram. Pouco poderia dizer.

– Não brinques comigo, escocês. Arriscas a tua vida – falou o Rei, já irritado.

– A vida deixou de ter valor para mim, desde que entrei na Cruzada. Agora só a minha alma conta.

– És um homem de bem. Estimo os escoceses porque são teimosos, valentes e leais. Creio que me devem estimar também. Tenho lhes concedido aquilo que nunca conseguiram alcançar pela força das armas. Aqueles que os outros Reis da Inglaterra, meus antecessores, tentaram escravizar, conseguindo fazer descontentes e inimigos, transformei em amigos e aliados independentes.

– Sim. Reconheço que Vossa Majestade fez tudo quanto acaba de dizer, por isso nos alistamos sob a bandeira da Inglaterra e nosso número é pequeno, agora, porque muitas vidas foram sacrificadas.

– Concordo. Mas, por tudo o que fiz por teus país, exijo que me digas o que quero saber. Tu o dirás com mais verdade do que qualquer outro.

– Vou dizer o que sei. Fui encarregado de propor, por intermédio do santo eremita de Engaddi, por ser ele tão respeitado pelos cristãos e pelos muçulmanos...

– A continuação da trégua... – completou o Rei.

– Não, meu Rei. A resposta é para um tratado de paz permanente e a retirada de nossos exércitos da Palestina.

– Por São Jorge! Nunca poderia pensar em semelhante humilhação e desonra! E tu, como recebeste isso?

– Bom, levei a mensagem de boa vontade, porque desde que o nosso nobre chefe está impossibilitado de nos conduzir à vitória, perdi a esperança de alcançá-la. Não sei de outro que possa substituí-lo.

Isto acalmou a cólera do Rei, que perguntou:

– E quais eram as condições de paz?

– As mensagens que entreguei ao eremita iam fechadas e lacradas.

– E qual a tua opinião sobre o eremita? É louco, esperto ou santo?

– Acho que a loucura é propositada, para alcançar o respeito dos infiéis, que consideram os loucos como inspirados pelo céu. Às vezes, mostrava-se tão sensato como qualquer um de nós.

– Bem observado. E quanto à sua fé?

– Parece sincera e ardente. Sua penitência deve ser fruto do remorso por algum crime terrível, pois afirma que espera a condenação eterna.

– E do ponto de vista político?

– Confia tanto na conquista da Palestina quanto na própria salvação, principalmente depois que o braço de Ricardo da Inglaterra deixou de combater.

A febre do Rei parecia ter aumentado. Kenneth faz-lhe ver o perigo que isso acarretava, mas o Rei continuou:

– Viste a minha real esposa em Engaddi?

– Que eu saiba não, meu senhor.

– Insisto na pergunta. Não estiveste na capela do convento das carmelitas, onde Berengária, Rainha de Inglaterra, foi com suas damas em peregrinação?

– Fui a uma capela subterrânea onde vi uma relíquia sagrada e assisti à procissão das monjas e recolhidas. Ouvi os seus cânticos, mas não lhes vi o rosto.

– Não conheceste nenhuma das outras damas? Responde como cavaleiro e homem de honra.

– Meu senhor... pareceu-me adivinhar.

– Basta. Eu também adivinho. Quero dar-te um conselho. Não desafies o Leão, Leopardo. É loucura um homem enamorar-se da lua. Maior loucura é tentar alcançá-la do alto de uma torre. Só conseguiria a morte.

Nesse momento, um ruído, fora da tenda, desviou a atenção do Rei. Pensou que fossem De Vaux e o médico.

O cavaleiro saiu. Entrou o camarista para comunicar que uma delegação de Conselho desejava receber as ordens do Rei.

– E quem são os ilustres embaixadores?

– O Grão-Mestre dos Templários e o Marquês de Montserrat.

Depois de se preparar, Ricardo ordenou que entrassem os enviados do Conselho.

O Mestre dos Templários era um homem alto, magro, de olhar duro e fisionomia tenebrosa. Era o chefe de uma ordem criada para assegurar a proteção do Santo Sepulcro.

Conrado de Montserrat era mais agradável, até belo. Alegre, corajoso, sequioso de aumentar seu poder. Só lhe importava o seu próprio interesse. E cuidava disso mantendo negociações secretas com Saladino. De idêntico procedimento também era acusado o grão-mestre.

Depois de saudarem o Rei e dizerem que ali estavam para saber da sua saúde, informaram que, em nome do Conselho, vinham pedir que não confiasse sua vida a um infiel. Pelo menos, aguardasse que o Conselho descobrisse as intenções do médico e daqueles que o enviaram.

O rei convidou-os a passarem ao compartimento vizinho e esperarem para ver a importância que ele, Ricardo, atribuía às carinhosas recomendações dos seus ilustres aliados.

De fato, pouco depois, entrou o médico árabe, acompanhado por *Lord* de Vaux e *Sir* Kenneth.

O grão-mestre aproveitou para perguntar:

– Tens coragem de praticar a tua arte na pessoa de um Rei cristão?

– Assim como o sol brilha tanto para o nazareno como para o verdadeiro crente, também o médico não faz distinções quando se trata de curar.

– Tu sabes, Hakim, que, se o Rei morrer pelas tuas mãos, pagarás com a vida?

– A Medicina, senhores, tanto como a guerra, tem os seus heróis e os seus mártires. O Sultão Saladino ordenou-me que viesse tratar do Rei nazareno. Espero curá-lo. Se não for feliz, poderão dispor do meu corpo para a vingança. Mas devo aplicar o remédio, sem demora.

– E já nos demoramos demais – acrescentou De Vaux.

O marquês dirigiu-se, então, a ele:

– *Milord*, vimos como delegados do Conselho da Cruzada protestar contra o perigo de confiar a preciosa saúde do Rei de Inglaterra a um médico infiel.

– Marquês – respondeu De Vaux. – Acredito mais nos meus olhos do que nos meus ouvidos. Tenho a convicção de que este homem pode curar o Rei. Mesmo que ele fosse o próprio Maomé, eu consideraria um pecado retardar o tratamento um só minuto que fosse.

– Seja – concordou o Marquês de Montserrat –, mas o Rei disse-nos que assistiríamos ao tratamento.

Assim, ficaram todos no quarto, incluindo Kenneth, que se conservou um pouco afastado.

O médico, a pedido de Ricardo, iniciou o tratamento. Encheu a taça com água, mergulhou nela uma bolsinha e, quando julgou o tempo suficiente, ofereceu a bebida ao Rei. Este, porém, deteve-o:

– Tomaste-me o pulso... Deixa-me pôr os dedos sobre o teu.

O médico entregou-lhe o braço, tranquilo. O seu pulso desapareceu na mão enorme de Ricardo.

– Estás calmo. Deste modo não batem as artérias de um envenenador. De Vaux, quer eu morra ou viva, ordeno-te que veles pela segurança de Hakim. Manda saudações a Saladino. Se eu morrer, não duvido da sua lealdade. Se eu viver, hei de agradecer-lhe de guerreiro para guerreiro.

Em seguida, ergueu-se com a taça do médico nas mãos e falou para todos:

– Glória imortal ao que der o primeiro golpe de lança ou espada nas portas de Jerusalém. Vergonha eterna aos que voltarem as costas à missão que juraram cumprir.

Depois esvaziou a taça e recaiu sobre as almofadas.

Então, o médico pediu que se retirassem. Todos obedeceram, menos De Vaux.

No quarto ficaram apenas ele e o médico mouro.

Os conspiradores

Agora vou abrir um livro misterioso e, embora isso vos desagrade, quero patentear-vos segredo e perigos.
HENRY IV – PARTE I

Ao saírem da tenda de Ricardo, depois da cena com o médico, o Marquês de Montserrat e o Grão-Mestre dos Templários viram, à porta, uma forte guarda de lanceiros e arqueiros. Todos imóveis, em absoluto silêncio, mais pareciam robôs do que homens.

– Que mudança nesta gente! – comentou o grão-mestre.

– Antes risos, jogos, cantos, bebidas... Agora...

– Ricardo soube conquistar-lhes as simpatias porque estava sempre disposto a participar de seus divertimentos.

– Nunca vi um homem de caráter mais variável. Quando bebeu a taça do remédio, ouviste o voto que fez, em vez de uma oração...

– Confia demais no infiel, como se ele pudesse praticar as ações de um cavaleiro cristão...

E assim foram os dois caminhando e conversando. Era um bom lugar para falarem livremente sem que ninguém os ouvisse. Dispensaram os cavalos, que foram levados pelos pajens. E andaram a pé, evitando os lugares, no acampamento, onde houvesse maior ajuntamento de pessoas.

Dessa conversa ficaram bem claras a posição e as aspirações dos dois. Mostravam-se francamente contra a Cruzada, apesar de fazerem parte dela.

O desejo deles era o insucesso da Cruzada. Saladino, vencedor, lhes daria a posse dos principados.

Ambos juraram guardar segredo sobre tais pretensões. Não lhes interessava, de todo, que os cristãos fossem bem-sucedidos e chegassem, vitoriosos, a implantar a Cruz nas muralhas de Sião. O máximo que Conrado Montserrat poderia conseguir seria o título de Rei de Jerusalém, ainda assim submetido à vontade de Ricardo. Isso era pouco: a coroa pesava muito pouco e não lhe assentava bem na cabeça. Preferia uma coroa de duque, que é leve e forrada de arminho. Numa palavra, estavam os dois ligados pelos mesmos interesses.

O marquês procurava, de todas as maneiras, convencer o grão-mestre dos prejuízos que a vitória dos cristãos traria para a sua ordem. Seria o fim dos guerreiros do templo e de seu chefe.

— Talvez haja verdade no que dizes — comentou o Templário. — Mas quais seriam as vantagens, se as forças aliadas se retirassem e deixassem a Palestina em poder de Saladino?

— Muitas. O sultão conceder-nos-ia vastas províncias só para ter, sob seu mando, tropas europeias bem organizadas. Mas como no Oriente os impérios nascem e morrem como os cogumelos, suponhamos que Saladino morra. Então, ficaríamos nós à frente de tudo.

— Vejo verdade nas tuas palavras, mas, apesar disso, convém usar de muita cautela. Felipe de França é sábio e valente.

— Justamente por ser esperto deixará facilmente a expedição. Tem inveja de Ricardo e há de preferir completar seus planos na França a ficar na Palestina, enfraquecendo seu exército.

– E o Duque de Áustria? – perguntou o grão-mestre.

– Chegará, em sua vaidade e loucura, à mesma conclusão que Felipe, em sua sabedoria. Mas não estou te dizendo novidade nenhuma. Todos os príncipes da liga desejam vê-la dissolvida e tratar com Saladino. Com exceção de um só.

– É fácil saber quem é. Gostaria de saber agora o que te levou a dar ao escocês – esse tal cavaleiro do Leopardo – a missão de levar as propostas do tratado...

– O escocês pertence à Legião de Ricardo. Tinha que ser, assim o exigia Saladino. E, por outro lado, Kenneth era quem menos oportunidade tinha de falar com o Rei. Certas razões pessoais o afastam de Ricardo.

– Tua política saiu errada. O escocês voltou. Trouxe o médico que, parece, vai curar Ricardo e este, restabelecido, prosseguirá com a Cruzada. Se isto acontecer, qual dos príncipes ousará ficar para trás? Todos irão segui-lo, nem que seja por vergonha, ainda que preferissem seguir a bandeira do próprio Satanás...

Nesse ponto, parou e olhou em volta. Certo de que ninguém poderia ouvi-lo disse, baixinho:

– Falamos em Ricardo ficar curado e se levantar... Pensa: não seria melhor que ele nunca mais se levantasse?

O marquês sobressaltou-se e ficou pálido:

– Isto me assusta. Gostaria que houvesse outro meio. Seríamos amaldiçoados por toda a Europa. E qualquer mendigo ficaria feliz por não ser Gil de Amaury e Conrado de Montserrat.

– Se te sentes assim, é melhor fazeres de conta que nossa conversa não passou de um sonho – disse o grão-mestre, com a maior indiferença.

– Deixa-me primeiro tentar o rompimento entre o Arquiduque de Áustria e o Rei de Inglaterra. É o primeiro passo.

E com esta conclusão se separaram.

Conrado ficou parado, olhando o Templário afastar-se. Pensava:

"Como pode o grão-mestre guardar na mente coisas tão terríveis? Desejo como ele acabar com a Cruzada, mas nunca de forma tão cruel, embora seja a mais segura..."

Regressou à sua tenda. Deitou-se com o propósito mais firme do que nunca de tentar, com meios brandos, liquidar Ricardo.

Não dessem certo, recorreria, então, aos violentos.

"Amanhã", pensou, "vou jantar com o arquiduque e veremos o que se pode fazer."

O nó desatado

A inveja é coisa vulgar nos países do Norte e, tal como o galgo corre atrás da corça, ela persegue quem se elevou pelo seu valor, inteligência ou riqueza, até conseguir derrubá-lo.

SIR DAVID LINDSAY

Voltando da visita à tenda de Ricardo, trazia na mente o Marquês de Montserrat um plano a ser executado.

A vista da bandeira inglesa, que tremulava em pequeno morro artificial, fortaleceu-lhe o ânimo para levar avante sua ideia.

A pequena elevação era chamada pelo Cruzados o Morro de São Jorge. Daquela altura a bandeira dominava todos os demais estandartes de nobres e reis que tremulavam em pontos mais baixos.

E foi ao ver a bandeira que, como num relâmpago, o cérebro do marquês forjou o plano.

Nessa disposição o deixamos, no capítulo anterior quando fora dormir, amadurecendo a ideia de procurar o Arquiduque da Áustria no dia seguinte.

* * *

Leopoldo da Áustria fora o primeiro em seu país a usar o título de príncipe. Governou as melhores províncias banhadas pelo Danúbio.

Era alto, forte e belo. Pele clara e cabelos louros. Mas era deselegante. Por mais luxuosas que fossem as suas roupas, dir-se-ia sempre não terem sido feitas para ele.

Como príncipe impunha sua autoridade por meios violentos.

Para se reunir à Cruzada, usou de todos os meios a fim de conquistar a amizade de Ricardo, que, por fim, se viu obrigado a aceitar a sua colaboração.

Sem demora, Ricardo passou a desprezá-lo. Era inclinado aos excessos de bebida e Ricardo, sendo sóbrio, não o perdoava.

Em tudo o Rei de Inglaterra reconhecia a inferioridade de Leopoldo e não escondia seus sentimentos. Em troca, o arquiduque retribuía-lhe com o mais intenso ódio.

A discórdia era alimentada secretamente por Felipe de França que, temendo o caráter impetuoso de Ricardo, tratou de fortalecer o seu partido. Chamou para si os príncipes de categoria inferior, para resistir à "autoridade do Rei de Inglaterra".

Tal era o estado de espírito do arquiduque, quando Conrado de Montserrat se lembrou de aproveitar para semear a desunião entre os chefes da Cruzada.

* * *

Escolheu a hora do meio-dia.

O pretexto para a visita foi a oferta de algumas garrafas de vinho de Chipre para que o arquiduque as comparasse com o vinho da Hungria e do Reno.

Claro que a proposta foi aceita. E ainda retribuída com um convite para o jantar.

Foi, na verdade, um banquete. Mas, apesar da solenidade da hora, Conrado ficou surpreendido com a desordem: mais parecia uma taberna do que um pavilhão real.

Contudo, Leopoldo era servido por pajens, de joelhos, em baixela de prata, sendo o vinho servido em taças de ouro.

Honrou o marquês, sentando-o à sua direita. Mas deu atenção maior à pessoa que era um misto de poeta-conselheiro-orador. O arquiduque estimava-o de tal modo que, se alguém pretendia algum favor, tratava primeiro de conquistar a simpatia do poeta.

Conrado teve o maior cuidado em aplaudir, rir e elogiar tudo o que foi apresentado para sua distração. Ainda que não parecesse apreciar.

Ouvia atentamente as conversas e as tiradas dos bobos e dos poetas, na esperança de que qualquer um dos dois lhe desse ensejo de pôr em prática o plano.

E não demorou. Os bobos da corte e os poetas soltaram pilhérias e quadras que o marquês aproveitou para dar início a seu maldoso trabalho.

E o fez de tal maneira que o Arquiduque Leopoldo da Áustria, já bastante tocado pelo vinho, sentiu-se no dever de reagir.

Depois de ouvir as insinuações venenosas de Montserrat, deu um soco na mesa e exclamou:

— Acham que posso ficar submetido a esse Rei que reina em metade de uma ilha? Vou ficar sujeito às ordens desse neto de um bastardo normando?! Não, por Deus! Verão todos se eu cedo um palmo de terreno a esse inglês! Levantai-vos e segui-me. Hei de colocar a águia da Áustria tremulando bem alto à vista de todos.

Levantou-se e, entre vivas e aplausos, empunhou a bandeira que estava cravada diante da porta da tenda.

Conrado ainda simulou um protesto para acalmá-lo.

– Meu senhor – disse ele. – Talvez seja conveniente não acordar o acampamento a esta hora. Melhor será sofrer a humilhação por mais algum tempo e...

– Nem mais um minuto – gritou o arquiduque, saindo com seus barulhentos companheiros. Dirigiu-se para o morro onde tremulava a bandeira da Inglaterra e colocou a mão no mastro como se quisesse arrancá-la.

O poeta chamou a atenção de Leopoldo:

– A águia é a rainha das aves, como o leão é o rei dos animais. Não é justo que a nobre Águia desonre o valoroso Leão... Que o nosso símbolo tremule ao lado do Leão inglês... e basta.

Leopoldo olhou em torno procurando Conrado para ver o efeito de sua atitude corajosa. Mas já não o viu porque ele, acesa a fogueira, se retirara para não comprometer-se.

Não o vendo, o arquiduque declarou, em voz bem alta, que desejava apenas afirmar o direito de se considerar igual ao Rei de Inglaterra.

A bandeira austríaca foi levantada ao lado da inglesa. E o gesto celebrado com muitos copos de vinho.

Como se pode calcular, esta cena de desordem se desenrolou com grande barulho, o que alarmou o acampamento.

Nessa mesma hora, Ricardo acordou do sono, em que o médico o deixara imerso.

Não havia mais sinal de febre. Ricardo sentou-se na cama.

Procurou saber, com De Vaux, quanto dinheiro havia nos seus cofres. O barão não sabia informar e Ricardo, então, ordenou:

– Não importa. O que houver, entrega-o todo ao ilustre médico.

– Eu não vendo a minha ciência – disse Hakim. – E o divino remédio que te curou perderia seu poder se fosse trocado por dinheiro.

O Rei elogiou-o com as melhores expressões que encontrou.

Em seguida, o médico pediu-lhe que se mantivesse deitado porque o cansaço poderia prejudicar o efeito do remédio.

Ricardo cedeu, dizendo:

– Obedeço-te. Podes crer que me sinto bem. Mas... o que significam estes gritos e esta música? Tomas, procura saber o que é isto.

De Vaux saiu e voltou explicando:

– É o Arquiduque Leopoldo em passeio pelo acampamento, com os seus companheiros de mesa.

– Bêbado! – comentou Ricardo. – Não sabe ocultar a embriaguez dentro do seu pavilhão. Que dizes a isto, marquês? – acrescentou, voltando-se para Conrado que acabava de chegar.

– Primeiro, alegro-me com o estado de saúde de Vossa Majestade. Depois muito teria que dizer, pois jantei hoje com o arquiduque.

– Jantaste com Leopoldo? E que brincadeira inventou ele para fazer tanto barulho?

De Vaux, atrás do Rei, fazia sinal ao marquês para não contar o que se passava. Mas Conrado não percebeu ou fez que não percebia.

– O arquiduque não sabe o que fez e não se pode dar importância a seus atos. Assim mesmo, como brincadeira, essa é forte demais. Está arriando a bandeira inglesa do Monte de São Jorge para içar a dele.

– Que dizes? – gritou o Rei.

– Não se irrite, Majestade. É um louco.

– Cala-te– ordenou. – Quem disser qualquer coisa não é meu amigo.

Vestiu-se, pegou a espada e saiu precipitadamente.

Conrado de Montserrat disse a De Vaux:

–Vai ao quartel de *Lord* Salisbury e dize-lhe para reunir a sua gente e seguir para Monte de São Jorge. Conte-lhe que o Rei está curado, mas que o sangue lhe subiu à cabeça.

A notícia se espalhou logo entre os soldados ingleses. Os clarins soaram, sem descanso, e ouviam-se, em todo o acampamento, o tinir das armas e o grito nacional: São Jorge e a Jovial Inglaterra!

O exército inglês e as divisões estrangeiras correram para o Monte São Jorge. Também para lá se dirigia Ricardo, mas vestido e com a espada debaixo do braço. Ia seguido pelos serviçais e De Vaux.

Ao passarem pelo acampamento escocês, foram vistos pelo cavaleiro do Leopardo, que os seguia sem saber do que se passava. Temia que o Rei estivesse em perigo. Por isso armou-se de espada e lança e dirigiu-se para o Monte de São Jorge.

O monte estava cercado por uma multidão barulhenta. Eram os homens do arquiduque e curiosos que não simpatizavam com os ingleses e desejavam ver como tudo ia terminar.

No alto, em pequena plataforma, viam-se hasteadas as duas bandeiras.

Leopoldo contemplava sua obra, sorrindo, feliz, quando Ricardo surgiu acompanhado de dois homens. Sua energia e coragem valiam por um exército inteiro.

– Quem se atreveu – bradou, passando a mão na bandeira austríaca – a pôr esse farrapo miserável ao lado da bandeira inglesa?

A surpresa da chegada do Rei, que todos supunham doente, não lhe deu tempo para outra reação. Apenas respondeu:

– Fui eu, Leopoldo da Áustria.

– Nesse casso, já vais ver a importância que dou à tua bandeira e às tuas pretensões.

Arrancando a bandeira, quebrou o mastro em pedacinhos. Atirou tudo ao chão e pisou, desafiando:

– Aqui tens. Há algum cavaleiro da tua companhia que se atreva a contestar?

Logo muitas vozes gritaram:

– Eu!... Eu!

Um gigantesco guerreiro húngaro, o Conde de Wallenrode, desembainhou a espada e descarregou violento golpe contra Ricardo. O escocês pôs-se à frente e protegeu-o com o escudo.

– Jurei – gritou Ricardo, numa voz que dominou o tumulto – jurei nunca puxar minha espada contra qualquer homem que trouxesse no ombro a Santa Cruz. Portanto, ficas vivo, Wallenrode, para que te lembres de Ricardo pelo resto de teus dias.

Dizendo isto, pegou o húngaro pela cintura e arremessou-o com violência. O corpo passou por cima dos que assistiam à cena e rolou pela encosta do morro, até ser detido por um pequeno tronco. Aí ficou como morto.

Esta demonstração de força quase sobrenatural não animou o duque nem ninguém mais a renovar a tentativa.

Os outros, afastados, continuavam a gritar: "A ele! Façam em pedaços o cão inglês! Abaixo a Inglaterra!"

E os que estavam perto, encobrindo o medo:

"Paz... Paz... respeito à Cruz, à Santa Igreja e ao nosso Pai, o Pontífice!"

Ricardo continuava pisando a bandeira da Áustria, com ar ameaçador.

Nesse momento, Felipe de França aproximou-se com dois dos seus oficiais. Ficou estupefato ao ver Ricardo já curado, ameaçando a todos.

No íntimo, Felipe invejava o Rei pela posição que alcançara na Cruzada. Ficou satisfeito, então, com a oportunidade de mostrar sua calma e sua prudência.

— Que quer dizer esta disputa entre dois irmãos na Cruzada?

— Este irmão foi insolente e eu castiguei-o. Tanto barulho por coisa tão pouca...

— Rei de França — protestou Leopoldo. — Fui insultado. O Rei de Inglaterra pisou minha bandeira, rasgou-a!

— Porque se atreveu a erguê-la ao lado da minha.

– A minha categoria me concede este direito – protestou Leopoldo, agora animado com a presença de Felipe.

– Experimenta defender esse direito e serás tratado como tratei esse trapo bordado.

– Calma, irmãos – interveio Felipe. – Se o estandarte inglês está colocado no ponto mais alto do acampamento, não é porque nós sejamos inferiores a Ricardo. Como peregrinos, sem vaidade alguma, atribuímos a ele a chefia da expedição pela fama de seus feitos de armas. Sei que, se o meu irmão reconsiderar, há de se arrepender de ter hasteado sua bandeira neste local. E o Rei de Inglaterra lhe dará satisfação pelo que fez.

O arquiduque respondeu que entregaria a sua defesa ao Conselho Geral da Cruzada.

Quanto a Ricardo, manteve a mesma atitude de desafio. Por fim, falou:

– Qualquer flâmula que seja colocada à distância de três passos será tratada como esse farrapo.

– Não vim aqui acender novas disputas – disse Felipe. – Despeço-me do Rei de Inglaterra como de um irmão. E a rivalidade que admito entre nossos símbolos – o Leão e o Lírio – será a de ver quem penetra mais fundo nas linhas dos infiéis.

– Está dito, meu irmão – falou Ricardo, estendendo a mão a Felipe. – Que isto aconteça bem depressa.

– E que o Arquiduque da Áustria tome parte nesta feliz reconciliação.

Leopoldo aproximou-se de má vontade. E Ricardo cortou:

– Não quero nada com tolos.

Então, Leopoldo deu-lhes as costas e retirou-se.

Ricardo comentou:

– A coragem deste homem é como a luz dos vaga-lumes: só aparece à noite. Nunca mais deixarei a minha bandeira sem guarda. Durante o dia nosso olhar bastará. Mas, na escuridão... Tomas de Vaux vela pelo nosso estandarte e pela honra da Inglaterra.

– Impossível, meu Rei – respondeu De Vaux. – Devo zelar pela vida de Vossa Majestade, que é a própria segurança da Inglaterra. Peço ao meu Senhor que volte para a tenda.

Virou-se o Rei para *Sir* Kenneth e disse-lhe:

– Devo-te uma recompensa. Vês ali a bandeira da Inglaterra. Vela por ela. Não te afastes. Defende-a. Se fores atacado por mais de três homens, toca a buzina. Aceitas o encargo?

– Da melhor vontade – respondeu o escocês. – E a minha vida responde pela vossa bandeira. Vou armar-me e volto num instante.

Os Reis da França e da Inglaterra se despediram.

Pouco a pouco retiraram-se todos.

Os comentários eram desencontrados. Os austríacos provocaram, iniciando a desordem, diziam os ingleses. Os ingleses são orgulhosos e altivos, e Ricardo é culpado pelo que ocorreu, diziam os outros.

* * *

Um pouco afastado, ouvindo-os, o Marquês de Montserrat observou para o Grão-Mestre dos Templários:

– A astúcia é mais eficaz do que a violência. Desatei o nó que unia todos estes cetros e breve hás de vê-los espalhados pelo chão.

– O teu plano teria sido excelente se tivesse havido um homem com coragem bastante para cortar o nó a que te referes. Uma corda desatada pode atar-se de novo. O mesmo não acontece com uma que se corta em pedaços.

O anão vence o gigante

A mulher é a tentação da Humanidade.

GAY

Era meia-noite. A lua brilhava no céu e *Sir* Kenneth, no Monte de São Jorge, montava guarda à bandeira da Inglaterra. Kenneth, um cavaleiro escocês, protegia a bandeira inglesa contra os insultos dos inimigos.

O cavaleiro, além de sua bravura como guerreiro, tinha outras razões para aceitar o arriscado posto que agora ocupava. Para o seu amor ambicioso, era muito importante ganhar a simpatia do Rei Ricardo. Por fim, o Rei parecia tê-lo notado entre tantos que combatiam sob seu mando.

Ele já não podia ser considerado um aventureiro qualquer. Ricardo confiara nele e o destacara para uma empresa arriscada, mas de grande importância.

Edith devia estar sabendo da posição que, agora, ocupava junto ao Rei. E, com isso, diminuía a distância que o separava dela.

Estava decidido a lutar até a morte. Se fosse surpreendido e morto no seu posto, seria uma morte gloriosa.

Ricardo, com certeza, vingaria a sua memória e os olhos das mais belas da corte se encheriam de lágrimas quando recordassem o seu nome.

A noite estava calma e Kenneth podia sonhar à vontade. Um profundo silêncio reinava no acampamento, onde as tendas alvejavam ao luar como as casas de uma cidade deserta.

Ao lado da bandeira, deitado, Roswald, o galgo de estimação, era o único amigo naquela hora perigosa e, vigilante, não dormia, como se soubesse que deveria dar um sinal à chegada de algum inimigo.

De repente, porém, pôs-se de pé, latia com fúria, ameaçando as sombras para o lado da encosta.

Descobrindo um vulto que subia por esse lado, Kenneth gritou:

– Quem vem lá?

– Por favor – respondeu uma voz rouca e desagradável – prende o animal para que eu possa me aproximar.

– Quem és tu? – insistiu Kenneth. – Tem cuidado porque pode custar-te a vida.

– Prende o cão, já disse, ou terei de o calar com uma das setas do meu arco.

Ao mesmo tempo fez estalar a mola.

– Desarma o arco – intimou Kenneth – e sai para o claro, antes que eu te atravesse com minha lança.

Já havia erguido a lança quando, à luz da lua, surgia, como num passe de mágica, uma figura disforme e horrenda como o próprio demônio.

O cavaleiro reconheceu logo o anão que vira na capela de Engaddi.

Aproximou-se, mudou o arco para outra mão e estendeu a direita para Kenneth, que continuou imóvel.

– Será que já esqueceste o pobre Nectabanus?

– Não esqueci, não. Mas o posto que ocupo não me permite que abandone a minha arma para te cumprimentar.

–Também isto não tem importância. Basta que me acompanhes à presença da dama que me enviou.

– Mui nobre senhor – respondeu Kenneth – tenho ordens para ficar aqui até o amanhecer. Portanto, peço-te desculpas, mas não posso fazer a tua vontade.

Dizendo isto, recomeçou o passeio que o anão tornou a interromper.

– Obedece, cavaleiro, ordeno-te em nome de uma dama cuja beleza cativaria os próprios deuses.

Uma suposição atravessou o cérebro do escocês, mas ele a repeliu. Não, Edith não lhe enviaria mensagens.

Apesar disso, perguntou:

– Essa dama a que te referes será, por acaso, a que te ajudou a varrer a capela?

– Não. Olha para isto e vê se reconheces o sinal. Depois, conforme a consideração que ele te merecer, obedece ou resiste.

Ao mesmo tempo, colocava nas mãos de Kenneth o anel com o rubi. O cavaleiro reconheceu-o logo, como sendo aquele que usava a princesa, a quem dedicara o seu amor.

Havia ainda o pequeno laço de fita vermelha, a cor favorita e que ele, muitas vezes, fizera triunfar nos torneios e combates.

Não havia dúvidas. Mas ele custava a crer.

– Dize-me quem te deu o anel e com que intenção te mandou aqui?

– Não te basta ver que uma princesa deseja a tua presença? Só tens um caminho a seguir. Cada minuto de demora é um crime contra a obediência que lhe deves.

— Meu bom Nectabanus. A minha dama, com certeza, não sabe onde estou e o encargo que recebi. Não posso abandonar o posto. A minha honra exige que eu guarde esta bandeira até o amanhecer. Ou então a princesa quis divertir-se à minha custa.

— Pensa como quiseres. Por mim, pouco me importa sejas traidor ou fiel à tua dama. Adeus...

E deu meia-volta.

— Para... Para! — gritou Kenneth. — Responde: Essa dama está perto daqui?

— Sim, à distância de uma seta.

— E a minha presença é necessária? Por muito tempo?

— Precisa de ti sem perda de um minuto. As suas palavras foram estas: "Diz-lhe que a mão que deixa cair rosas, pode também oferecer louros."

A referência ao encontro na capela acabou de convencer Kenneth. Agora já estava aflito. Não queria abandonar o posto, mas não queria perder a oportunidade de ser agradável à mulher que amava.

Entretanto o anão pedia que lhe restituísse o anel ou o acompanhasse.

— Espera — pediu, mais uma vez, o cavaleiro. E em voz baixa conversou consigo mesmo: — "Por acaso sou inglês? Não sou um guerreiro livre que veio aqui servir, com a sua espada, à Santa Causa e à sua dama?"

Pensou muito mais e foi se acomodando à ideia. Afinal, acabou achando que, de lá, dava para ouvir os latidos do galgo se atacassem a bandeira. E dava para voltar e acudir a tempo.

Estendeu a capa no chão, junto do estandarte, recomendando ao cão: — Fica tu de guarda e não deixes que ninguém se aproxime.

O animal sentou-se na capa e olhou o dono com inteligência. Tinha entendido: cumpriria o encargo.

— Vamos, Nectabanus, depressa...

— Assim, depressa como tu andas, não posso.

Kenneth não tinha tempo para mais conversa. Tomou-o ao colo e se dirigiu para o pavilhão indicado. Aquele que era arrematado, no alto, por uma esfera dourada. O pavilhão da Rainha.

Chegando, pôs o guia no chão. Nectabanus estava furioso, mas nada podia fazer contra o gigante escocês.

Guiou-o, então, à parte oposta da tenda, escondendo-se das sentinelas. Levantou uma ponta da lona, chamou Kenneth e entrou.

O cavaleiro hesitou. Penetrar assim, àquela hora, num pavilhão ocupado por damas! E pela Rainha!

Lembrou-se então do anel.

Entrou também.

A aposta

A malícia zomba da alegria desde a hora em que a criança destrói, sorrindo, a borboleta ou a flor que lhe serviam de brinquedo...
OLD PLAY

Kenneth ficou só, na escuridão, e começava a arrepender-se de ter abandonado o seu posto, tão facilmente...

Agora, porém, já não se convencia a voltar para ele sem ver *Lady* Edith.

Enquanto esperava, refletia.

Sua situação era das mais desagradáveis. *Lady* Edith era dama da Rainha e ele penetrara no pavilhão real àquela hora, escondido... Isto poderia levar a perigosas deduções.

Decidiu sair e, pelo mesmo caminho, voltar ao posto.

Nesse momento, ouviu vozes. Vinham do compartimento vizinho, do qual estava separado apenas por uma parede de lona. Nessa situação, foi obrigado a ouvir uma conversa que, tudo indicava, dizia-lhe respeito:

— Chama-a... chama-a, Nectabanus.

A voz aguda do anão respondeu. Mas tão baixo que deu apenas para o cavaleiro perceber que ele dera qualquer coisa de beber às sentinelas.

Uma voz feminina perguntou:

– Como havemos de nos livrar do espírito que Necta-banus fez aparecer aqui?

– Parece-me justo – acrescentou outra voz – que a esposa dele, a formosa Genebra, despeça esse cavaleiro que se convenceu, com tanta facilidade, de que as damas da mais alta nobreza da corte precisam de sua bravura.

Ao ouvir isto, *Sir* Kenneth quase morreu de vergonha e remorso. Ia mesmo fugir do pavilhão, de qualquer maneira, quando outra voz o deixou paralisado:

– Será melhor informar Edith. Que ela saiba como o seu preferido cavaleiro se comportou e como faltou ao dever. Talvez assim ela desista de falar nele com tanto entusiasmo.

– Não é preciso. Aí vem ela.

Apesar da sua vergonha pelo que Berengária lhe fizera – pois reconhecera ser a esposa de Ricardo a autora da brincadeira – o cavaleiro sentiu diminuir o seu desespero quando soube que Edith não fora cúmplice nela.

Agora a sua curiosidade era tanta que esqueceu a prudente resolução de retirar-se. Pelo contrário, procurou um buraco na lona por onde pudesse ver o que se passava.

"Se a Rainha não receou uma brincadeira que pode comprometer minha honra e talvez minha vida, não deve queixar-se se eu aproveito para conhecer suas futuras intenções" – pensou ele.

Edith, parece, aguardava ordens. As outras riam baixinho.

Por fim, Edith falou, uma vez que a Rainha não se decidia a fazê-lo:

–Vossa Majestade parece estar disposta a divertir-se numa hora em que seria mais próprio dormir. Eu já ia para a cama quando Vossa Majestade mandou me chamar.

– Não quero privar-te, por muito tempo, do repouso, prima. Vou apenas dizer-te que perdeste a aposta.

– Vossa Majestade sabe que não apostei coisa alguma.

– Serás capaz de negar que apostaste o teu anel de rubi contra a minha pulseira de ouro em como o cavaleiro do Leopardo não seria capaz de abandonar o seu posto?

– Não posso contradizer Vossa Majestade, mas estas damas viram que foi Vossa Majestade quem me tirou o anel do dedo, apesar de eu dizer que não achava próprio...

– Isso é verdade – concordou outra voz. – Mas *Lady* Edith não pode negar que defendeu calorosamente o cavaleiro.

– Falei dele como podia falar de outro qualquer. E se o defendi foi porque estava sendo ridicularizado. Agora, se Vossa Majestade não tem outras ordens a dar-me, peço licença para me retirar.

– Não tenho, prima. Mas não tomes a brincadeira por ofensa. Ninguém atacará o posto na ausência do cavaleiro. Vê que Nectabanus não podia convencê-lo a abandonar o lugar, a menos que apelasse para o teu nome...

– Então, não é uma inocente brincadeira comigo? É verdade que usaram o meu nome para fazer um homem de valor cometer uma culpa pela qual talvez pague até com a vida?

– Se temes pela segurança do cavaleiro, Edith, descansa. O coração de Leão não é de pedra e amolece sempre que se trata de mim. Posso salvar o teu cavaleiro.

– Por Deus, senhora, antes que aconteça alguma coisa, manda o cavaleiro embora, se é que o trouxeste até aqui.

– Não te assustes tanto, prima. O cavaleiro deve estar em alguma tenda aqui bem perto. Vou mandar dizer-lhe que se vá.

– É engano, Majestade – interferiu o anão – o cavaleiro está aqui, atrás daquela lona.

– Aqui? Nesse caso ouviu tudo quanto dissemos? Fora daqui, monstro de malícia...

O grito que Nectabanus soltou, ao fugir, indicava que a Rainha Berengária fora além das palavras no castigo...

– Que faremos agora? – perguntou a rainha a Edith.

– Vamos a falar ao cavaleiro.

E desatou a cortina. A Rainha, lembrando-se da hora e da roupa que vestiam, fugiu, deixando Edith sozinha.

A jovem, assim mesmo vestida para dormir, dirigiu-se a Kenneth, aflita.

– Por favor, cavaleiro. Sai depressa. Foste enganado por quem te trouxe aqui. Não faças perguntas.

– Não preciso fazê-las – disse Kenneth, sem erguer os olhos.

– Meu Deus, se ouviste tudo, por que ainda estais aqui? Cada minuto que passa aumenta a tua desonra.

– Perdi a minha honra, vós o dizeis. Assim, não importa um minuto a mais ou a menos!... Só quero pedir uma coisa. Quero o vosso perdão para a minha vaidade de pensar que os meus fracos serviços pudessem ter algum valor para vós.

– Nada tenho a perdoar. Fui a causa involuntária do mal que te fizeram. Mas, vai e podes contar com a minha estima.

– Primeiro, quero devolver esta joia – e Kenneth estendeu-lhe o anel.

– Não. Fica com ele, juntamente com o meu pesar pelo que aconteceu. Mas sai daqui quanto antes. Se não for por amor a ti mesmo, que seja pelo amor que me dedicas.

Kenneth, neste momento, sentiu-se compensado pela perda do que de mais caro possuísse.

Preparou-se para sair. Inclinou-se, num cumprimento, mas Edith fugiu, deixando-o na escuridão.

O cavaleiro rasgou a lona com o punhal e respirou o ar fresco da noite, lá fora.

Tão abatido e atordoado com tudo o que passara, levou algum tempo para chegar ao Monte de São Jorge.

A lua, por alguns minutos, ficara encoberta.

Chegaram-lhe, então aos ouvidos, os latidos ferozes de Roswald. Logo em seguida um uivo de dor.

Com um salto, o cavaleiro transpôs a distância que o separava do planalto.

Quando chegou ao alto, a lua já estava descoberta. Kenneth viu, com espanto, que a bandeira da Inglaterra havia sido roubada e que, junto do mastro feito em pedaços, o seu galgo se debatia nas angústias da morte.

A proposta

Perdi a honra, tesouro que acumulava para a velhice.
DON SEBASTIAN

Depois dos primeiros instantes em que ficara atordoado por sensações tão dolorosas, o cavaleiro tentou descobrir os autores do insulto à bandeira inglesa.

Nada conseguindo, de pronto, tratou de examinar o seu fiel Roswald, mortalmente atingido no cumprimento de uma missão que o dono esquecera.

O animal gemia com os esforços feitos por Kenneth para extrair de seu corpo as farpas da lança. Ao mesmo tempo, lambia-lhe as mãos e agitava a cauda, como se pedisse desculpas por ter ofendido o dono, mostrando que sofria.

As manifestações de afeto comoveram o cavaleiro, justamente na hora em que incorria no desprezo de todos.

Então, não conseguiu dominar-se e soluçou, alto e sentido.

Foi aí que uma voz sonora proferiu, junto dele, esta semelhante:

— O sofrimento é semelhante às primeiras e últimas chuvas. Desagradáveis para os homens e animais, mas fecundas porque delas nascem as flores e os frutos.

Kenneth voltou-se e viu o médico árabe.

Envergonhado por ter sido surpreendido numa demonstração de fraqueza, reprimiu as lágrimas e continuou a tratar do animal.

— A mão do médico é mais hábil em curar feridas do que em abri-las — disse Hakim.

— Os teus socorros são inúteis para este ferido, Hakim. Além do mais, segundo tua lei, é um animal impuro.

— Pecaria o sábio que, tendo meios de o fazer, deixasse de curar ou aliviar a dor, seja de um rei, um escudeiro ou um pobre cão. Deixa-me examiná-lo, amigo.

Kenneth não protestou mais.

Hakim, ajoelhado junto de Roswald, examinou-o bem. Abriu seu estojo de instrumentos e com toda a habilidade extraiu os fragmentos da lança.

O animal sofreu tudo com paciência, como se entendesse as boas intenções de quem o tratava.

— O teu galgo tem cura — declarou Hakim. — É preciso que me dês licença para levá-lo e tratá-lo como merece a nobreza de sua raça.

— Podes levá-lo. É teu. Devo-te a cura de meu escudeiro e mais esta. Quanto a mim, está tudo acabado.

O árabe não respondeu. Limitou-se a bater palmas.

Dois negros apareceram e receberam ordens para levar o animal.

— Adeus, Roswald — disse, em voz baixa, o cavaleiro. — Um homem como eu não merece ter um cão. Quem me dera estar em teu lugar!

— É louco quem deseja trocar sua condição pela de um ente inferior.

– Um cão que desempenha o seu dever vale cem vezes mais do que o homem que o esqueceu. Deixa-me, Hakim. Sabes curar o corpo, mas os males da alma não estão ao teu alcance.

– Talvez te enganes. O principal é o doente confiar em mim.

– Vou contar-te, então, o que se passou. Ontem, à noite, foi-me confiada a guarda da bandeira da Inglaterra. Aproximou-se o dia, a bandeira foi roubada, a haste feita em pedaços... e eu ainda estou vivo.

– Impossível de crer. Se tua lança não tem sangue... E tu tens fama de corajoso, de que não te rendes sem luta... Isto quer dizer que foste seduzido por uma criatura a quem devotas uma adoração que só se deve a Deus.

– E se assim fosse? Que me recomendas?

– O homem não está preso à terra como a árvore ou as rochas. Se não pode vencer a tormenta, foge dela. Faze o mesmo. Foge. Foge à vingança de Ricardo e guarda-te sob a bandeira de Saladino.

– Sim, podia esconder minha desonra no campo dos infiéis. Só me falta usar um turbante e converter-me, para completar minha infâmia.

– Não és prudente, rejeitando o meu conselho. Ouve, meu filho. Esta Cruzada é uma loucura. Tu próprio foste portador de propostas de paz.

– De que vale ser enviado de príncipes, se antes da noite não serei mais do que um cadáver pendurado na forca e desonrado?...

– É para evitar essa desgraça que te aconselho a fugir. Os príncipes aliados fizeram propostas de paz a Saladino. Propuseram retirar as forças do exército cristão e até defender a bandeira do Profeta. Mas Saladino não quer tratar com interesseiros e traidores. Para ele, só Ricardo conta. Com ele combaterá. Dará a ele muitas vantagens, como o título de "Guarda de Jerusalém" e livre peregrinação ao Santo Sepulcro e lugares santos. Deixará guarnecer com tropa cristã seis cidades da Palestina. E para selar o acordo, entre a Ásia e o Ocidente, tomará como esposa uma cristã, aparentada com Ricardo, chamada *Lady* Edith Plantageneta.

– Que dizes?! – gritou Kenneth, que até ali ouvira com indiferença, mas em quem as últimas palavras haviam produzido uma dor aguda.

Dominou, por fim, a emoção, para obter mais informações.

– Que dizes? – repetiu. – Qual o cristão que concordaria com o casamento de uma cristã com um infiel?

– És fanático e ignorante, nazareno. Saladino lhe dará liberdade de religião e, no seu harém, será, de fato, a Rainha.

– Não creio que Ricardo consinta. E o mais pobre dentre a nobreza cristã se envergonharia de aceitar tamanha desonra para uma filha.

– Enganas-te – respondeu o médico. – Os príncipes aliados ouviram a proposta sem indignação e até prometeram favorecê-la. O próprio Arcebispo de Tiro tomou o encargo de falar com Ricardo. Saladino só evitou que Montserrat e o Grão-Mestre dos Templários conheçam esta proposta porque sabe o quanto desejam a morte e a humilhação de Ricardo. Faze o que digo, cavaleiro. Foge. Tu serás útil a Saladino porque pode informá-lo sobre o casamento dos cristãos e como suas mulheres são tratadas.

– Hakim, ouvi tudo até o fim, porque devo-te a vida do meu escudeiro. A outro qualquer eu o teria calado logo, com meu punhal.

Hakim afastou-se, ainda com esperança de que o cavaleiro o chamasse. Em vão olhou para trás, à espera.

Kenneth pensava noutra coisa. Pensava no tratado de paz. Na mensagem que ele próprio levara. E lembrou-se das palavras do sarraceno Ilderim e do eremita de Engaddi... Sim, eles sabiam.

Mas, agora, suas horas estavam contadas e o tempo era pouco para o que ainda tinha de fazer.

Por uns instantes, parou. Depois, atirou para longe o capacete. Desceu o morro e se dirigiu ao pavilhão de Ricardo.

O cavaleiro enfrenta a morte

O galo soltava o seu canto estridente, para anunciar ao camponês o alegre nascer do dia. O Rei via as rosadas tintas da aurora substituírem as névoas pardacentas e ouvira o sinistro crocitar do corvo...

CHATTERTON

Na tarde em que *Sir* Kenneth foi encarregado de montar guarda à bandeira, Ricardo voltara à tenda, orgulhoso e certo de que humilhara o arquiduque e os seus demais inimigos.

Depois do insultuoso episódio, porém, mandou retirar a guarda e distribuir vinho entre os soldados, para que bebessem em honra da bandeira inglesa.

Lord Salisbury e De Vaux impediram que a desordem imperasse no acampamento.

O médico Hakim ficara perto do Rei até três horas depois da meia-noite, observando os efeitos do remédio e dando-lhe novas doses.

Por fim, recolheu-se à sua tenda.

De passagem pelo acampamento de *Sir* Kenneth, entrou para ver, mais uma vez, o velho escudeiro, seu primeiro doente. Ali soube do encargo que tomara o cavaleiro. Subira, então, ao Monte de São Jorge, onde foi encontrá-lo naquela desastrosa situação.

Foi assim, que, ao romper do dia, De Vaux, que dormia perto da cama de Ricardo, ouviu passos e perguntou:

— Quem vem lá?...

E já Kenneth entrara, com a fisionomia preocupada, mas, ao mesmo tempo, com uma expressão decidida. Baixo, para não acordar o Rei, De Vaux se dirigiu ao cavaleiro:

— Como te atreves...

O Rei, porém, acordou e disse:

— Sossega, De Vaux. Kenneth vem, como bom soldado, dar-me conta da guarda.

— Fala, escocês. A tua guarda foi eficiente, mas bastava a bandeira para impor o respeito! Nem precisava que a guardasse um cavaleiro valente como tu, não é verdade?

— Valente... nunca mais poderei ser assim considerado! A minha guarda não foi vigilante porque alguém roubou a bandeira da Inglaterra.

— E tu estás vivo?!... E não vejo sinais de luta no teu corpo! Responde. Não pode ser verdade. Com um Rei não se brinca, mas, se for mentira, perdoo-te.

— Eu falei a verdade, Senhor.

— Por Deus e por São Jorge! — gritou o Rei, enfurecido. — De Vaux, vai ver se é verdade. A coragem deste homem é bem conhecida... Vai ou manda alguém, depressa.

De Vaux não chegou a sair. Entrou, neste momento, *Sir* Neville, pedindo para comunicar ao Rei que a bandeira fora roubada e que o cavaleiro devia estar ferido ou morto, porque no chão havia grande poça de sangue, junto ao mastro em pedaços.

— Mas... quem vejo eu aqui?! — exclamou com espanto ao deparar com *Sir* Kenneth.

— Um traidor vai morrer — falou Ricardo, levantando a arma sobre a cabeça do cavaleiro.

Mas interrompeu o gesto.

— Havia sangue, então. És um bravo, cavaleiro, sei como te portas em combate. Dize-me que mataste alguns, em defesa da bandeira, e te deixarei sair, desonrado mas com vida.

— O sangue derramado em defesa da bandeira foi de um pobre cão que mais fiel do que o seu dono tentou cumprir o encargo que ele abandonara.

— Nesse caso, vais morrer — gritou Ricardo, erguendo o braço novamente.

De Vaux interpôs-se:

— Não, Vossa Majestade não deve executar este homem por suas próprias mãos. Já foi muita loucura confiar em um escocês..

O Rei concordou e se dirigiu ao cavaleiro:

— Fala. Confessa como se deu o roubo da bandeira.

— O que vou dizer é mais importante do que a perda de cem bandeiras no campo de batalha. Cerca-vos a traição. Trama-se um plano para desonrar vossa família, concedendo a mão de *Lady* Edith ao Sultão Saladino, como preço da paz.

A comunicação enfureceu ainda mais o Rei. Se julgava, até aí, a paixão de Kenneth por Edith uma ousadia, agora considerava aquilo um insulto.

— Não tornes a pronunciar esse nome, atrevido. Que te importa se decido aliar-me à lealdade e ao valor de Saladino?

— Muito pouco, de fato, para quem o mundo, em breve, será nada. Mas quanto a pronunciar o nome ou a recordar-me dele... digo, senhor, este nome há de ser a última palavra na minha boca, e a sua imagem a derradeira que me povoará o cérebro. Agora, que a força de Vossa Majestade seja experimentada nesta cabeça sem proteção.

– Acabarás por fazer-me endoidecer – falou o Rei em voz baixa, sem, contudo, deixar de admirar a valentia do escocês.

Antes que alguém pudesse responder alguma coisa, anunciaram a chegada da Rainha.

– Não a deixes entrar, Neville. Isto não é cena para senhoras. Leva-o daqui, De Vaux. Guarda-o bem. Daqui a pouco, morrerá, mas como cavaleiro, de espada e esporas. Dá-lhe um confessor. Quero matar-lhe apenas o corpo, não a alma.

O cavaleiro saiu e foi imediatamente posto a ferros. Avisaram-lhe que morreria como cavaleiro e depois seria decapitado.

– É melhor assim – comentou Kenneth. – Desse modo minha família não terá conhecimento da parte mais vergonhosa desta aventura... oh, meu pai... meu pai!

A exclamação involuntária foi ouvida por De Vaux, que, às ocultas, enxugou uma lágrima com as costas da mão.

– Ricardo de Inglaterra concedeu-te um confessor. Encontrei lá fora um frade carmelita que está à espera de que o recebas.

– Pode entrar já – respondeu *Sir* Kenneth. – Chegou o momento em que eu e minha vida vamos nos despedir como dois viajantes que chegaram a uma encruzilhada e têm que se separar. Que entre.

– Devo comunicar-te que é vontade do Rei que te prepares para a morte imediata.

– Seja feita a vontade de Deus. Não discuto a justiça da sentença nem suplico adiamento da execução.

De Vaux, antes de sair, olhou-o comovido:

– Kenneth, és moço e tens pai. O meu filho Rafael pode chegar à tua idade. Se assim for, é meu desejo que se torne valente e bom cavaleiro como tu. Não há nada que eu possa fazer em teu favor?

– Nada. Abandonei o meu posto, e a bandeira, sob minha guarda, foi roubada. Quando o carrasco estiver pronto, também eu o estarei.

– Se assim é, Deus esteja contigo. Mas ainda acho que há um mistério grande demais em tudo isto. Tu não és covarde, pois os covardes não lutam como tu. Confessa, não te envergonhes. Há muitas tentações e ardis. Tu caíste em um? Foi um grito de mulher? Alguma dama em perigo? Vamos, fala!

– Nada tenho a dizer.

De Vaux saiu de cabeça baixa. E, em sua opinião, estava mais triste do que o caso merecia.

– Afinal são nossos inimigos... – murmurava, tentando desculpar-se. – Mas aqui na Palestina, combatendo juntos, fomos nos habituando a tratá-los como irmãos.

A Rainha Berengária

Não foi pelo seu bom senso, porque não vai além do vulgar. Quanto ao espírito não é mais do que tagarelice de mulher.

SONG

Berengária, filha de Sancho, Rei de Navarra, podia considerar-se entre as mais belas damas do seu tempo. A pele muito clara, os cabelos louros e as feições davam-lhe uma aparência tão juvenil que não parecia estar com os vinte e um anos que realmente tinha.

Talvez resultassem daí os seus caprichos infantis e as atitudes de criança, que não lhe ficavam, porém, ridículas.

Muito alegre, tinha o gênio amável e bondoso. Gostava que lhe tributassem atenções e homenagens. E se isso não acontecia, fingia-se doente e dava trabalho aos médicos e às damas do seu serviço, encarregados de melhorarem seu estado de saúde e de ânimo.

O recurso mais frequente para espantar-lhe um aborrecimento era inventar uma brincadeira inocente ou maliciosa. A Rainha divertia-se. E muitas vezes suas brincadeiras atingiam estranhos e lhes causavam prejuízo.

Berengária contava sempre com o amor do marido para remediar o mal que suas travessuras causavam. Em resumo, brincava como uma leoa nova, que sabe o quanto pode sua força.

Adorava o Rei. Mas desgostava-se com a dureza do seu caráter e a superioridade de sua inteligência.

Experimentava até um certo despeito quando Ricardo preferia conversar com Edith, mais séria, mais madura. O modo de pensar dos dois se harmonizava melhor.

Apesar de estimar Edith, deixava claro para as damas que qualquer brincadeira visando a prima era um bom pretexto para se divertir.

Ninguém sabia ao certo qual o parentesco que unia Edith a Ricardo. Viera da Inglaterra com a mãe e se reunira a Ricardo na qualidade de futura dama de Berengária. Naquela época o casamento do Rei estava próximo a realizar-se.

Ricardo tratava-a com as maiores atenções. A Rainha, apesar dos ciúmes, conservava-a sempre a seu lado.

A muda adoração do escocês, *Sir* Kenneth, era do conhecimento de todos. E o episódio das rosas, caídas junto do cavaleiro, na capela de Engaddi, chegou aos ouvidos da Rainha.

Isto foi motivo para novas brincadeiras com a prima.

Começara brincando com o cavaleiro, quando ele se encontrava sozinho na capela. Experimentara ver o efeito que causariam em Kenneth as figuras dos dois anões, horrendos e disformes.

A tentativa não surtia efeito devido à seriedade do escocês e à intervenção do eremita.

A Rainha, já no acampamento, imaginou, então, outra, cujas consequências desastrosas já vimos.

Na manhã seguinte, Edith soube que a bandeira fora roubada e o cavaleiro desertara. Correu ao quarto da Rainha, suplicando que fosse ao pavilhão do Rei a fim de atenuar as consequências de terrível brincadeira.

A Rainha ainda quis lançar a culpa sobre as damas. Ainda tentou acalmar a indignação de Edith, dizendo que o cavaleiro talvez estivesse dormindo. E que a bandeira era apenas um pedaço de seda e que seria fácil conseguir o perdão do Rei, apenas tivesse passado o seu mau humor.

Por muito tempo falou a Rainha, confessando-se arrependida e, ao mesmo tempo, tentando convencer Edith de que nenhum mal poderia resultar da brincadeira.

E teria falado por muito mais tempo ainda se a entrada de uma das damas não lhe pusesse fim à torrente de palavras.

O terror e o desespero que a dama trazia estampados no rosto quase fizeram Edith desfalecer.

– Senhora, não podemos perder tempo – falou a dama. – Ide falar ao Rei, porque se trata de salvar uma vida, se ainda for tempo de salvá-la.

– Prometo um castiçal de ouro ao Santo Sepulcro e um pálio a São Tomás! – exclamou a Rainha, na maior aflição, caindo de joelhos.

– Levantai-vos Senhora – disse Edith –, invocai os santos, se vos agrada, mas agora sois a única santa capaz de fazer o milagre.

– *Lady* Edith tem razão – aprovou a outra. – Ide quanto antes ao pavilhão do Rei pedir pelo cavaleiro.

– Vou já. Vesti-me.

Mas tamanha era a confusão nos aposentos da Rainha que ninguém conseguiu ajudá-la a vestir-se. Apenas *Lady* Edith, em sua serenidade, foi capaz de auxiliar a Rainha.

– Lembrei-me de chamar o Arcebispo de Tiro, para interceder pelo cavaleiro, junto comigo. Que dizes da ideia, minha prima?

– Se fizestes o mal, dai-lhe vós o remédio – protestou Edith.

– Seja... mas se o Rei está mal-humorado não me atrevo a falar-lhe. E, além do mais, vestiram-me de verde, cor que ele detesta! Dai-me o vestido azul e a gargantilha de rubis...

– Tudo isto quando a vida de um homem está por um minuto – falou Edith, indignada. – Ficai, Senhora. Eu vou falar ao Rei. Sou a principal interessada e vou saber com ele se acha justo que se abuse do nome de uma moça do seu sangue para levar um cavaleiro a abandonar o seu posto, pondo-lhe a vida em perigo, cobrindo-o de vergonha e ao nome da Inglaterra...

Berengária ficou assombrada com esta explosão de cólera.

Sem demora, aprontou-se. Embrulhou-se em amplo manto e saiu.

Com ela saiu Edith. E mais um grupo de oficiais e homens de armas. Dirigiu-se a Rainha, apressadamente, ao pavilhão do seu terrível marido.

Quando Berengária quis penetrar nos aposentos do marido, foi impedida. Ouviu, então, a voz do Rei proibindo-lhe a entrada.

– Vês? – disse a Edith. – Era isto o que eu temia. Ele não quer receber-nos.

A Rainha falava num tom como se, com essa tentativa, já tivesse feito tudo o que estivesse a seu alcance para salvar Kenneth.

Entretanto, ouviram a voz de Ricardo:

– Vai e cumpre a tua obrigação. Decepa-lhe a cabeça de um só golpe. Observa e vê se perde a cor, se treme, se, em algum gesto, mostra medo. Gosto de saber como morrem os valentes.

Edith não conseguia esperar mais:

– Se Vossa Majestade não entra, entro eu... Camarista, a Rainha deseja falar ao Rei.

– Sua Majestade esta resolvendo um assunto de vida e morte – respondeu o camarista, baixando a vara para fechar a passagem.

– É justamente um caso de vida ou morte que nos traz aqui. Eu tomo a responsabilidade e abro caminho à Rainha – disse Edith.

E, afastando o camarista, correu a cortina. A Rainha viu-se obrigada a entrar.

O Rei estava deitado.

Junto dele, todo preparado, o carrasco parecia aguardar as últimas ordens do Rei.

Com a entrada repentina das senhoras, Ricardo voltou-se para a parede, a fim de ocultar o seu aborrecimento.

Berengária, depois de olhar o carrasco, deixou cair o manto, descobrindo as lindas tranças louras.

Ajoelhou-se junto do leito e beijou as mãos do marido.

– O que é isto, Berengária? – perguntou o Rei, sem voltar a cabeça.

– Vai-te daqui, patife. Que estás esperando? Como te atreves a olhar para estas damas? – gritou Ricardo.

– Espero as ordens de Vossa Majestade.

– Vai-te daqui, cão... Dá-lhe sepultura cristã...

O homem desapareceu.

– E agora, minha tontinha, que pretendes de mim?

A expressão do Rei ia se modificando aos poucos. Os olhos azuis perderam o brilho metálico e colérico e ficaram cheios de ternura. Curvou-se um pouco, envolveu-a nos braços e beijou-a.

– Volto a perguntar o que vem fazer tão cedo a dama do meu coração no pavilhão do seu cavaleiro.

– Perdoa-me, meu Rei – implorou Berengária.

– Perdoar-te o quê?

– Primeiro, o entrar aqui desta maneira... com tanta liberdade.

– Tu, com liberdade? Se te proibi a entrar foi por estar tratando de negócios poucos próprios para os teus ouvidos e por temer que arriscasses a tua saúde num lugar contaminado.

– E agora? Já estás curado?

– Com saúde bastante para matar todo aquele que não te reconhecer como a mais bela dama da cristandade.

– Nesse caso não me negarás uma graça...

– O que é?

– Uma pobre vida!...

– Continua – intimou o Rei, franzindo a testa.

– A desse pobre cavaleiro escocês...

– Não me fales nele. A sua sorte está decidida. Tem de morrer.

– Não meu Rei, meu amor... Não foi mais do que uma bandeira perdida. Berengária te dará uma, bordada por suas mãos, tão rica como nenhuma outra. No final, hei de derramar lágrimas de gratidão pela generosidade do meu cavaleiro.

– Não sabes o que dizes – interrompeu Ricardo, cheio de cólera. – Nem todas as lágrimas de mulher poderiam lavar a mancha lançada na honra da Inglaterra e na glória de Ricardo. Agora, retira-te porque, neste momento, tenho negócios que me impedem de te atender por mais tempo.

– Ouves, Edith? Não conseguiremos mais do que irritá-lo.

– Seja assim – falou Edith, aproximando-se do Rei. – Meu Senhor, eu, vossa humilde parente, peço-vos justiça. Os ouvidos de um Rei não podem se fechar à voz da justiça seja onde for e em que circunstâncias forem.

– É a nossa prima Edith!... – exclamou Ricardo, sentando-se na cama. – Fala-me como a um Rei e, como Rei, lhe responderei, se o seu pedido não for indigno dela e de mim.

A beleza suave de Edith, a serenidade e, ao mesmo tempo, a energia de seu aspecto impuseram o silêncio a Ricardo.

– Meu Senhor – disse, com firmeza –, o cavaleiro cujo sangue ide derramar já tem prestado grandes serviços à cristandade. Faltou ao seu dever por causa de uma brincadeira louca, um recado que lhe mandaram em nome de uma dama... por que não dizê-lo... em meu nome. Isto o levou a abandonar o posto. E qual seria o cavaleiro, em todo o acampamento, que não faria o mesmo, supondo atender a um chamado de alguém em cujas veias corre o vosso sangue?...

– Viste o cavaleiro, prima?

– Vi.

– E onde lhe concedeste essa honra?

– No pavilhão de Sua Majestade, a Rainha.

– Da nossa Real esposa! – gritou Ricardo. – É muito atrevimento! Já tinha notado a inclinação desse atrevido cavaleiro por uma dama de condição muito superior à sua. Mas, pelo Céu e pela Terra, é demais saber que tu estiveste com ele no próprio pavilhão da Rainha! É demais! Pela alma de meu pai, Edith, terás tempo para te arrependeres dessa leviandade, passando o resto de tua vida num convento.

— A vossa autoridade se transforma em tirania, Senhor. Nem a minha nem a vossa honra estão manchadas. Mas não venho desculpar-me. Venho implorar a vossa misericórdia, a mesma que, um dia, haveis de esperar por culpas menos leves...

— Será essa a Edith Plantageneta? A discreta e sensata Edith? Ou estarei falando com alguma rapariga apaixonada que põe a sua reputação em menor conta do que a vida do seu amante?

— Meu amante lhe chamais – sim, era um amante, o mais sincero e fiel, porque nunca solicitou as minhas boas graças, nem por um olhar. Contentava-se em rodear-me dessa adoração que os homens dedicam aos santos. E, finalmente, é só essa a causa da sua morte.

— Cala-te! – pediu a Rainha em voz baixa. – Não vês que estás a irritá-lo ainda mais?

— Pouco me importa. Edith, responsável pela morte de tão nobre cavaleiro, saberá chorá-lo como deve. Em vida, nunca teria sido sua esposa, mas a morte nivela as maiores distâncias. Para o futuro, serei a esposa de um morto.

O Rei ia responder, sob o domínio da cólera, quando entrou, apressado, um monge, jogou-se aos pés do Rei, pedindo que suspendesse a execução.

— Querem enlouquecer-me? Doidos, mulher, monges, todos resolveram apelar pela vida desse cavaleiro! Será possível que ainda viva?

— Pedi ao Barão de Vaux para retardar a execução.

– E ele foi bastante louco para te atender? Não me admira, conheço-lhe a teimosia. Mas fala, em nome do demônio!

– Meu Senhor, o cavaleiro revelou-me um segredo que, se pudesse comunicá-lo a Vossa Majestade, modificaria o vosso propósito de o matar. Estou, porém, impedido de revelá-lo, pelo segredo da confissão.

– Meu padre, todos conhecem o meu respeito pela Igreja. Tanto que estou combatendo por ela. Confessa-me o segredo. Do contrário, não serei tolo de me deixar levar por sua conversa.

– Meu Senhor – respondeu o frade, tirando o capuz e deixando à mostra um rosto que mais parecia uma caveira. – Há vinte anos torturo meu corpo, na gruta de Engaddi. Se estou morto para o mundo, podeis calcular que não iria perder a salvação de minha alma, inventando uma mentira ou traindo o segredo da confissão.

– Ah, então, és tu o eremita de que todos falam... aquele a quem os príncipes enviaram este cavaleiro com propostas de paz para o Sultão, enquanto eu estava doente... Pois fiquem certos de que não cairei no laço. E o fato de ter sido ele o portador da mensagem mais me instiga a matá-lo.

– Deus tenha misericórdia de ti, príncipe. Homem impetuoso e cego vê bem o que fazes!...

– Saiam todos daqui! – ordenou o Rei, furioso. – O sol levantou-se sob a desonra da Inglaterra e ela ainda não está vingada. Saiam... ou juro por...

– Não jures – interrompeu alguém que acabava de entrar.

– Ah, é o meu sábio Hakim. Vem! Quero, enfim, mostrar-te minha gratidão.

– Venho pedir-vos uma audiência.

– Primeiro, quero apresentar-te minha esposa para que te agradeça teres-lhe salvo o marido.

O médico lembrou ao Rei que não lhe era permitido contemplar a beleza sem véu. E permaneceu de olhos cravados no chão.

– Retira-te, Berengária – disse o Rei. – O mais que posso conceder-te é adiar a execução para depois do meio-dia. Edith, ide. E sede prudente.

As duas senhoras regressaram ao pavilhão da Rainha, onde o tumulto era grande. Lágrimas, recriminações e palavras de arrependimento.

Só Edith, em silêncio, pálida como a morte, cuidava da prima, que se abatera numa crise nervosa. Edith se mantinha serena. Ela pertencia à orgulhosa e altiva raça dos Plantagenetas. Assim comentavam duas serviçais da Rainha.

– É impossível que ela amasse o cavaleiro – murmurou Florissa para Calista, a camareira-mor. – Não derrama uma lágrima.

– Mas é a raça dos Plantagenetas! Podem ser atingidos por golpes mortais, mas até na hora da morte, tratam das mais leves feridas dos companheiros.

Ricardo começa a despertar

Para isto torna-se necessária a intervenção de Júpiter e do Sol. Mas estes espíritos são fantásticos e raramente intervêm nas coisas humanas.

ALBUMAZAR

O eremita saiu com as senhoras. Antes de transpor a porta do pavilhão, voltou-se, levantou o braço e ameaçou:

— Desgraçado aquele que despreza o conselho da Igreja. Eu limpo os meus sapatos e saio do teu acampamento. Mas ainda nos havemos de encontrar, orgulhoso Ricardo...

— Assim seja, orgulhoso monge — respondeu o Rei — mais orgulhoso com as tuas peles de cabra do que os príncipes com a sua púrpura.

Depois, o Rei se dirigiu ao médico:

— Os dervixes do Oriente também tratam assim os seus Reis?

— Um dervixe é sábio ou louco. Portanto, tem sabedoria bastante para se comportar com juízo na presença de príncipes.

— Muito bem, meu sábio Hakim, vamos ao que importa. Em que posso servir-te?

— Em primeiro lugar, grande Rei, quero lembrar-vos que deveis a vida não a mim, que sou humilde instrumento, mas aos gênios, cujos favores eu distribuo entre os mortais...

— E vens pedir-me alguma recompensa, não é assim?

— Assim é, grande Ricardo. Quero pedir-te a vida do cavaleiro que condenaste à morte.

— Logo adivinhei o que querias, quando entraste. É para rir! Esposa, prima, ermitão e até o sábio Hakim vêm pedir por quem pôs em perigo a honra de minhas armas, minha própria casa e minha esposa! Eu que condenei milhares de vidas, logo essa não posso extinguir!

E Ricardo começou a rir alto.

No fundo, porém, sua cólera abrandara.

Mas o médico olhava espantado e com certo desprezo, pois os orientais consideram a gargalhada pouco própria para a dignidade de um homem.

Quando o Rei ficou sério, o árabe continuou:

— Lábios risonhos não devem proferir sentença de morte. Por isso, tenho esperança de que me concedas a vida desse homem.

— Posso dar a liberdade a mil dos teus irmãos. Tu os devolverás às suas famílias. Mas a vida do cavaleiro do Leopardo de nada te poder servir. Já tomei a minha decisão.

— A vida de todos nós já está condenada pelo grande juiz, que não é assim tão rigoroso e não exige que paguemos nossa dívida antecipadamente, como tu exiges...

— Não compreendo o teu interesse em contrariar uma decisão minha...

— Um Rei deve ser justo e bom. Mas aqui tu te preocupas só com a tua vontade. Meu interesse em pedir pela vida do cavaleiro é maior do que podes supor. O remédio a que tu deves a vida é um talismã, feito sob a influência dos astros. Eu só o aplico aos doentes depois de ver, pelos astros, que a hora é propícia.

– O remédio é cômodo, pois não exige uma caravana para transportá-lo. Haverá muitos como ele?

– Dizem que muitos têm sido feitos, mas que poucos alunos têm ousado aplicá-lo. Ao médico que o utilizar impõem-se jejuns e penitências. Se por comodidade ou descuido deixa de curar doze pessoas em cada lua, o talismã perde o poder, e tanto o doente como o médico morrem nesse ano. A mim falta-me uma vida para completar doze. Por isso te peço a do cavaleiro.

– Não compreendo como, livrando esse traidor da morte que merece, possa isso ter influência nas tuas curas.

– Quando puderes explicar por que um simples copo d'água te curou, quando tantas drogas foram inúteis, então poderás discutir o assunto. Quanto a mim, só te digo que, poupando a vida deste homem, te livras a ti próprio e a mim de sério perigo.

– Presta atenção, Hakim. Não estás falando com um crédulo ignorante, desses que desistem dos seus projetos só porque uma lebre cruza o seu caminho.

– Não posso impedir que duvides da minha palavra, mas afirmo-te que a verdade fala pela minha boca. É justo privares a humanidade dos benefícios deste precioso talismã, só porque não queres perdoar o pobre cavaleiro? Cuidado, tu podes mandar cortar uma cabeça, mas nem um dente furado tu podes restituir ao seu estado normal.

– Vê como falas! Aceitamos-te como médico, não como conselheiro.

– Vejo que os príncipes de tua raça recompensam mal os benefícios que recebem – falou o árabe. – Mas te digo que, em todas as cortes da Europa e da Ásia, a cavaleiros e damas, a muçulmanos e cristãos, a todos hei de denunciar a tua maldade, ingratidão e falta de caráter.

— Estás cansado de viver, infiel?! — exclamou Ricardo aproximando-se do médico.

— Fere e o teu ato falará melhor do que minhas palavras.

— Leva o escocês, ingrato! Dispões dele como quiseres. Mas nunca mais apareça na minha presença. Queres mais alguma coisa?

— A bondade do Rei encheu a taça. Foi tão abundante como a fonte que rebentou do rochedo com a pancada da vara de Mussá-ben-Amram.

— Talvez, mas foi preciso uma pancada bem forte para que o rochedo mostrasse o seu tesouro. Gostaria, porém, que houvesse alguma coisa que eu pudesse te conceder, francamente, como a água que brota da rocha.

— Consente que eu te aperte essa mão vitoriosa e me lembre de que, se, no futuro, precisar do Grande Rei, poderei vir até ele.

— Aqui tens minha mão e a minha luva, amigo.

— Que os teus dias se prolonguem! — saudou Hakim, saindo do aposento.

Ricardo seguiu-o com o olhar. Pensava: "Que estranha teimosia! Que interesse pelo cavaleiro! Por quê?... Enfim... haverá mais um valente no mundo. Agora, vamos ao austríaco."

Chamou DeVaux, que apareceu, seguido do eremita de Engaddi.

Ricardo deu ordens, como se não o tivesse visto.

— *Sir* Tomas de Vaux, chama um arauto e vai ao pavilhão do arquiduque, agora mesmo, porque deve estar em numerosa companhia. Acusa-o, perante todos, em nome de

Ricardo, de ter roubado ou mandado roubar, esta noite, a bandeira da Inglaterra. Do outro lado, deve estar espetada numa lança a cabeça de quem o aconselhou a fazer isso. Vai.

– E se ele negar o roubo?

– Nós lho provaremos no seu corpo, embora seja defendido por dois dos seus melhores campeões. Dar-lhe-emos a prova a pé ou a cavalo, no deserto ou no acampamento, com armas à sua escolha.

– Meu Senhor, não podeis vos esquecer do juramento de paz que une os príncipes da Cruzada.

– Não te esqueças das minhas ordens! Executa-as! A paz da Igreja! Tu estás vendo como é que eles se importam com ela. Vou defender meus interesses.

De Vaux preparava-se para sair e dar cumprimento às ordens do Rei. Mas o eremita deteve-o. O seu aspecto era o de um profeta, um iluminado:

– Em nome de Deus, proíbo este desafio. Revogo o teu ato, Ricardo de Inglaterra, pois o perigo e a morte pairam sobre tua cabeça.

– Ora, Ricardo ri-se do perigo e da morte...

– A morte está próxima e depois dela o julgamento...

– Meu bom padre, eu respeito muito a tua santidade...

– Não peço que me respeites, mas sim Àquele cujo sepulcro juraste libertar. Respeita o juramento de paz e não destruas o traço de união que te liga aos outros príncipes.

– Está bem, mas qual o perigo que me ameaça?

– Tenho observado os astros. Um amigo poderoso te ameaça. Tanto na tua glória como na tua propriedade. Um raio de Saturno indica perigo imediato e sangrento, para o qual concorre o teu orgulho.

– A tua ciência é pagã. Não serve para os cristãos. Estás a sonhar, meu velho.

– Ricardo, não sou feliz a ponto de poder sonhar. O que vejo é que não precisa lavar a honra da Inglaterra. O Conselho, mandado reunir por Felipe de França, cuidará disso. Concordam em que a bandeira seja reposta no Monte de São Jorge e o criminoso ou criminosos severamente castigados. Prometem uma grande recompensa a quem denunciar.

– Agradeço-te, padre, fizeste-me ver a loucura do meu ato.

– Nobre Rei, breve é o tempo que te separa da sepultura. Morrerás sem ter quem te suceda, sem que te acompanhem as lágrimas do teu povo. Morrerás exausto pelas guerras, sem teres feito nada a favor da felicidade do teu reino.

– Mas não sem glória, monge... não sem as lágrimas da minha dama! Essa consolação tu não podes conhecer.

– Eu não sei dar valor à glória ou ao amor das mulheres! – respondeu o eremita. – Rei de Inglaterra – continuou, estendendo o braço – o sangue que corre nas tuas veias não é mais nobre do que este que, aos poucos, se enfraquece nas minhas. Restam-me poucas gotas, é verdade, mas essas têm a sua origem no sangue dos Lusignan, no sangue do heroico e santo Godofredo. Eu sou, ou antes, eu era Alberich de Mortemar.

– Alberich de Mortemar, cuja fama encheu o mundo!

Ricardo que, desde criança, conhecia a história de Alberich de Mortemar, contada pelos menestréis nas salas de seu pai, ouviu com atenção a narrativa do infeliz e ficou sabendo a causa que o arrastara àquela situação.

– É inútil dizer-te que eu era rico e nobre de nascimento – falou o eremita – corajoso nas armas e sábio no conselho. Mas, apesar de honrado pela estima e admiração das mais nobres damas, eu me apaixonei por uma mulher de baixa condição. O pai dela descobriu e achou que só o convento salvaria a honra da filha. Quando voltei de uma expedição, carregado de honrarias e riquezas, fiquei sabendo que minha felicidade fora destruída para sempre. Refugiei-me num mosteiro. Mesmo aí, a tentação do demônio perseguiu-me. Elevei minha condição como sacerdote, como havia me elevado como guerreiro. E, um dia, como confessor, encontrei, num convento de freiras, aquela que eu tanto amava. Agora, meu Rei, uma freira seduzida que escondeu o seu crime com o suicídio dorme debaixo das paredes de Engaddi. Enquanto isso, aqui, um infeliz chora e geme sob o peso de seu erro.

– Infeliz! E como pudeste fugir ao castigo da Igreja?

– Talvez por motivos pessoais, pela alta condição do meu nascimento. Agora, em mim vivem dois homens: um, ativo defensor da Igreja e de Jerusalém. O outro, vil inseto, balança entre a loucura e a miséria, vive guardando relíquias sagradas sem ousar profaná-las nem com o olhar imundo. Não tenha dó de mim e não me lamentes. Aproveita-te do meu exemplo. Estás no ponto mais perigoso. Situado no alto do monte. És orgulhoso de tua situação, e tuas mãos estão manchadas de sangue. Livra-te destes pecados: orgulho, sede de sangue e luxúria.

– Seja. Mas vou cuidar bem dessas três filhas. O orgulho darei aos príncipes da Igreja, a sede de sangue aos Templários e a luxúria aos monges. Que dizes a isso?

– Coração de bronze! Os conselheiros e exemplos te são inúteis. Mas, por enquanto, ainda serás poupado. Pode ser que te emendes. Eu volto para o lugar de onde vim. Os ricos desprezam o banquete, mas os pobres vão ser convidados...

E saiu aos gritos.

– É doido – disse Ricardo. – Segue-o De Vaux.

O cavaleiro obedeceu.

Sozinho, Ricardo ficou a lembrar as profecias do monge.

– Morrer brevemente... sem ter sucessor... sem ser chorado... Devia estar certo. Os loucos, segundo os árabes, recebem inspiração divina. Deus lhe dá, às vezes, o dom da profecia. O eremita tem fama de ler nas estrelas...

Em seguida, ao regressar De Vaux, Ricardo perguntou-lhe:

– Então, De Vaux, que notícia trazes desse doido?

– Podeis chamá-lo de doido, Senhor, meu Rei, mas, na minha opinião, mais se pode comparar a São João Batista, saindo do deserto. Está sentado lá fora e fala aos soldados, como nunca pregou Pedro, o Eremita. Milhares de homens correm a ouvi-lo e ele lhes fala dos seus países, na língua de cada um, estimulando-os a lutar com energia pela liberdade da Palestina.

– É um nobre eremita. Nem se poderia esperar menos de um descendente de Godofredo. Pecou por amor. Mas pedirei ao papa o perdão para os seus pecados.

Nesse momento, foi interrompido por um visitante. O Arcebispo de Tiro solicitava uma audiência para convidar Ricardo a assistir ao Conselho dos Chefes da Cruzada.

Ricardo desperta de costas para o perigo

Teremos de embainhar nossa espada vitoriosa e deter
a marcha triunfal pela vereda da glória onde calcamos
os corpos dos nossos inimigos?...
A CRUZADA – TRAGÉDIA

O Arcebispo de Tiro trazia a Ricardo notícias que o Rei não receberia sem cólera e sem ressentimentos, fossem elas dadas por outras pessoas.

A verdade é que os príncipes aliados estavam se deixando dominar pelo desânimo. Ninguém tomava qualquer iniciativa, com medo de ser chamado covarde. Todos queriam a Cruzada – uma empresa arriscada e inútil. Mas ninguém dava um passo para isto, antes que Ricardo da Inglaterra o fizesse.

Agora, mais do que todos, Leopoldo da Áustria, depois de insultado pelo soberano inglês, dispunha-se a voltar para a Europa.

Ricardo já não ignorava que uma séria ameaça pairava sobre sua vida, de resto, incômoda em todos os sentidos. Até o auxílio de Conrado de Montserrat e das Ordens Militares dos Templários e de São Jorge era duvidoso. O marquês e o grão-mestre invejavam Ricardo, como todos os outros príncipes e nobres. Conquistada a Palestina, a glória caberia ao inglês, privando-os de ter ali domínios independentes, como desejavam.

Assim, não foi muito difícil, por parte do arcebispo, fazer Ricardo compreender a verdadeira situação.

O Rei sentou-se e ouviu de cabeça baixa. Estava triste.

O arcebispo aproveitou para dizer que tudo aquilo se devia a seu gênio impetuoso, prepotente e cheio de orgulho.

– Confesso minha culpa. Mas confesso-lhe também que não irei parar no meio da jornada que iniciei. Hei de levantar a Cruz nas muralhas de Jerusalém ou levantá-la-ão outros no túmulo de Ricardo.

– Sim, podeis fazê-lo, senhor, sem que se perca uma só gota mais de sangue cristão.

– Quereis referir-vos a tratados? Nesse caso, também o sangue dos cães infiéis deixará de correr.

– Já alcançamos muito pela força das armas. Já nos impusemos tanto que obtivemos condições de livre peregrinação na Terra Santa, já nos restituíram o Santo Sepulcro e nos deram a posse da Cidade Santa, pelo título conferido a Ricardo de "Guardião de Jerusalém"...

– O quê! – exclamou o Rei com olhar brilhante. – Eu, Guardião de Jerusalém?! A vitória não poderia ter sido maior. E Saladino pretende conservar o domínio da Terra Santa?

– Apenas como soberano aliado do poderoso Ricardo – respondeu o sacerdote – como seu parente... por meio de um casamento.

– Um casamento! Alguém já me falou nisto. Creio que o eremita me falou de Edith Plantageneta, minha prima.

– Sim, o eremita. Deve ter sido ele pois muito trabalhou para chegarmos a essa conclusão.

– Uma parente minha, esposa de um infiel! Mas continua, quero ouvir o resto!

O arcebispo animado prosseguiu. Falou nos diversos casamentos já havidos entre cristãos e infiéis, com aprovação da Santa Sé. Falou das vantagens que resultariam para a cristandade da união de Ricardo a Saladino e, acima de tudo, no caso de se realizar o casamento, da possível conversão de Saladino à fé cristã.

– O Sultão mostra-se disposto a isso? Se assim fosse, não haveria Rei no mundo a quem, com maior prazer, eu oferecesse a mão da minha parenta.

– Saladino tem ouvido os nossos missionários e o eremita de Engaddi está convencido de que esta união pode ser o princípio da divina colheita.

Ricardo ouviu em silêncio.

– Não sei o que sinto – acabou por dizer. – Houve tempo em que se alguém ousasse propor-me essa aliança, se fosse leigo, fá-lo-ia em pedacinhos. Se sacerdote, eu consideraria um renegado, ministro de Baal. Hoje, penso doutra forma. Por que não aliar-me ao guerreiro sarraceno, que sabe honrar e estimar o inimigo, enquanto os cristãos abandonam um aliado? Mas agora não quero falar nisso. Primeiro vou tentar a união entre os príncipes. Se não conseguir, voltaremos ao assunto. Vamos, pois, ao Conselho.

Vestiu-se de escuro, sem qualquer distintivo real, só um aro de ouro em volta dos cabelos.

Dirigiu-se, com o arcebispo, ao local do Conselho, que só esperava por ele para começar a sessão.

Era um lugar espaçoso, tendo sido desfraldada diante da porta a bandeira com a Cruz. Porteiros escolhidos mantinham afastados todos os que tomavam parte, para impedir que se ouvisse o eco das exaltadas discussões que se travavam lá dentro.

Os príncipes reunidos discutiam o propósito de Ricardo. E para isso contribuía o fato de fazê-los esperar. Por isso decidiram recebê-lo com ostensiva frieza.

Entretanto, quando Ricardo apareceu com a imponência de sua figura, o rosto abatido pela doença mas os olhos brilhantes, todos se puseram de pé e saudaram:

— Viva Ricardo de Inglaterra! Viva o Coração de Leão!

O rosto de Ricardo iluminou-se:

— Desejo dizer-vos algumas palavras.

Todos se sentaram e seguiu-se um profundo silêncio.

— Nobres príncipes e chefes desta expedição... Ricardo é soldado. O seu braço está sempre pronto a combater, mas a língua costuma ser grosseira. Mas, por causa de suas palavras, não deveis deixar a nobre empresa de libertar a Palestina. Não desprezeis a glória nem a salvação eterna só porque algumas palavras duras vos feriram. Se Ricardo está em falta convosco, ele vos dará satisfação, tanto por palavras como por atos.

E assim foi se dirigindo aos representantes dos países europeus, ali presentes, aliados na mesma luta. Falava, o outro respondia-lhe e apertava a mão que lhe era estendida.

Afinal, disse Ricardo:

— Áustria. — E Leopoldo levantou-se como se fosse movido por uma mola. — Áustria considera-se ofendida pelo Rei de Inglaterra, mas eu também tenho minha queixa. Que haja perdão mútuo para não se interromper a paz da Europa e a união do exército. Restitua Leopoldo a bandeira da Inglaterra e Ricardo não deixará de se declarar arrependido por ter ofendido o estandarte da Áustria.

Leopoldo ficou de olhos baixos, fisionomia fechada. Também não tomou conhecimento da mão estendida para ele.

– Assim seja. Tomaremos o pouco caso que fez de nós como penitência e ficam nossas contas saldadas.

Ricardo continuou:

– Nobre Conde de Champagne, Príncipe Marquês de Montserrat e vós, Grão-Mestre dos Templários, aqui me tendes como penitente. De que me acusais?

– A única coisa de que nos queixamos – falou Conrado – é da forma como o Rei de Inglaterra chama a si toda a glória que os seus irmãos de armas esperavam alcançar nesta expedição.

– A minha acusação é mais grave. Mas é preciso falar, apesar de ser eu a pessoa menos indicada para isso – disse o Grão-Mestre dos Templários. – Sei que muita gente está disposta a isso na sua ausência. Todos nós apreciamos suas altas façanhas, mas não podemos aceitar que usurpe o poder e mantenha essa superioridade sobre todos nós. Não podemos aceitar que trate seus aliados como vassalos. Pode crer que essa verdade está no coração de todos, embora todos se calem.

Ricardo corou. Ferveu por dentro. Irritou-se e mortificou-se. Rezou mentalmente um padre-nosso para manter-se sereno. E foi com brandura que se dirigiu aos outros, embora ressentido:

– Será possível! Nunca pensei que ofensas leves criassem raízes tão fundas no coração dos aliados. Nem poderia supor que, por nossa causa, apenas, abandonassem o ideal por que nos temos batido e que vemos chegar triunfante à etapa final. Não, eu não poderia sobreviver ao pensamento de que as minhas fraquezas ou defeitos fossem causas da desunião da Santa Liga. Estou pronto a ceder os meus direitos do comando do exército. Escolhei o vosso comandante e estarei disposto a combater até sob as ordens da Áustria. Contanto que o novo chefe seja corajoso e não recue.

Ricardo levantou os braços, como se desenrolasse a bandeira da Cruz nos muros de Jerusalém e acrescentou:

– Se estais cansados dessa guerra, deixai a Ricardo dez ou quinze mil soldados, somente para cumprir o vosso voto. Quando sairmos vencedores, não será escrito o nome dos Plantagenetas na porta de Sião, mas sim o nome de quem fizer a conquista.

A energia de Ricardo despertou os outros. Reanimou-lhes o entusiasmo. Os olhos de todos brilhavam e o grito foi um só:

– Comanda-nos, tu, bravo Coração de Leão! Deus o quer! Leva-nos a Jerusalém.

Lá fora, bem distante, a faísca do entusiasmo de Ricardo atingiu os soldados. Estes, que andavam ociosos e enfraque-cidos, levantaram-se e uniram suas vozes às dos chefes:

– Sião! Sião! Guerra contra os infiéis! Deus o quer!

Os membros do Conselho fizeram coro nem que fosse pelo temor de parecerem covardes. E não se falava em outra coisa: a conquista de Jerusalém!

Assim, o Conselho terminou a sessão muito animado. Mas não tardou que a chama se apagasse no coração de muitos.

Conrado de Montserrat e o Grão-Mestre dos Templá-rios não estavam satisfeitos com os acontecimentos.

O Grão-Mestre comentou, censurando o outro:

— De que te serviu o golpe e essa história de bandeira? Agora é minha vez de agir a meu modo.

— Que pensas fazer?

— Meu escudeiro aprisionou um homem. Interroguei-o e confessou que tinha tudo preparado para eliminar o Rei, inimigo maior da fé muçulmana.

— E onde está esse homem precioso?

— É meu prisioneiro e está incomunicável. Mas... é tão comum a fuga de um prisioneiro.

— A única prisão segura é o túmulo... — comentou o marquês.

— Logo que se veja em liberdade, há de tentar executar o seu projeto. Esses homens são como cães de guarda: nunca perdem a pista do inimigo.

— Não falemos mais. O plano é cruel mas eu o aprovo.

— Estou te avisando porque o tumulto vai ser tremendo. Só há um obstáculo: o meu pajem. Ele conhece as intenções do prisioneiro e não pensa como nós. É preciso eliminá-lo também. Mas isso o próprio sarraceno poderá fazê-lo, se encontrar, por acaso um punhal na sua cela... Quando o pajem entrar para lhe levar comida...

— Essa ideia dará certa cor ao negócio, mas... no entanto...

— "No entanto" e "mas" são palavras de tolos. Os sábios não têm hesitações nem se arrependem. Depois de traçarem um plano, simplesmente o põem em prática.

Saladino presenteia o Rei

*Quando a beleza envolve o leão nas suas redes,
este deixa-se seduzir e não tem coragem de eriçar a juba
ou de mostrar as terríveis garras.*

Não suspeitando da traição que era tramada por seus companheiros de arma e certo de que todos iam continuar a guerra sob seu comando, Ricardo tratou de pensar nos outros problemas que o afligiam.

Precisava saber por que motivo o escocês abandonara o seu posto. E, partindo daí, descobrir tudo sobre o roubo da bandeira.

Antes de mais nada, mandou Tomas de Vaux ao pavilhão da Rainha, ordenando a *Lady* Calista que fosse à sua presença.

A dama, assustada, perguntava à Rainha o que dizer ao Rei.

– Não te assustes – tranquilizou-a De Vaux. – Se Sua Majestade perdoou o cavaleiro, a quem já havia condenado, não irá maltratar uma senhora.

– Inventa uma história – disse Berengária. – Meu marido tem pouco tempo para investigar a verdade.

– Conta o caso como se passou – intimou *Lady* Edith – ou eu o contarei por ti.

– Sem faltar com o respeito a Vossa Majestade, parece-me que o conselho de *Lady* Edith é o melhor – disse De Vaux.

– Tem razão – concordou Lady Calista. – Eu não saberei inventar uma história, nem teria coragem para contá-la.

Assim, Calista foi levada à presença do Rei. Aí confessou, com toda sinceridade, a infeliz brincadeira, usando o nome inocente de Edith: como o cavaleiro do Leopardo fora enganado e levado a abandonar o seu posto. Enquanto inocentava Edith, atribuía todas as culpas à Rainha, certo de que o Rei, adorando a mulher, acabaria por perdoar-lhe.

E assim foi.

Berengária ficou, então, preparada para a visita do Rei. Quando ele apareceu, a Rainha se mostrou ofendida e muito zangada. Conhecendo bem o poder que sua beleza e seu amor exerciam sobre o marido, invertera os papéis.

Começou negando ter mandado Nectabanus atrair o cavaleiro. Queixou-se do pouco caso que Ricardo fizera do seu pedido de perdão para o escocês, enquanto dera ouvidos ao médico sarraceno. Finalmente, pediu ao Rei a expulsão do casal de anões.

E, dessa maneira, tudo ficou em paz.

Ricardo enviou um mensageiro participando a Saladino que a guerra continuaria depois da trégua. Mandava-lhe, em agradecimento pelo benefício recebido do médico Hakim, um rico presente e, com ele, as duas disformes criaturas, o anão e sua mulher.

Por fim, preparou-se para ir falar com Edith. Encontrou-a de luto pesado, imersa na maior tristeza.

Ricardo quis saber a razão de tudo aquilo, uma vez que o caso já tinha sido resolvido.

– A glória abandonou a casa de meus pais e a honra dos Plantagenetas está perdida – foi a resposta de Edith.

– Minha prima exagera. É certo que fui precipitado. Mas, agora, qual o meu crime?

– Plantageneta – respondeu Edith – uma ofensa ou se perdoa ou se castiga. Mas não é digno entregar homens livres, bravos cavaleiros, como escravos de infiéis, nem é justo conceder a vida em troca da liberdade.

– Pelo que vejo, tu preferes a morte do namorado à ausência dele. Mas ainda é tempo de mandar alguém atrás dele para corrigir o erro.

– Basta de gracejos. Seria melhor confessar que privaste a Cruz de um dos seus melhores defensores e o fizeste pelo receio de que um dia o seu nome pudesse igualar ao de Ricardo.

– Não sabes o que dizes. Não deixes que a tristeza do amor ausente te torne injusta. Vejo, porém, que é inútil darte conselhos.

– Aceito de boa vontade os conselhos, desde que não firam a minha dignidade ou o meu caráter.

– Os Reis não dão conselhos. Os Reis mandam.

– Os Sultões, talvez porque vivem rodeados de escravos – emendou Edith.

– Desprezas os Sultões e tens em alta conta os escoceses. Para mim, Saladino é melhor que Guilherme da Escócia, que me faltou com o auxílio prometido. E talvez, um dia, Edith, venhas a preferir um turco a um escocês.

– Nunca! – respondeu Edith.

– Queres sempre ser a última a falar. Nunca hei de me esquecer de que nossos pais foram irmãos.

E despediu-se, muito pouco satisfeito com o resultado da visita.

* * *

Quatro dias se passaram desde que *Sir* Kenneth fora expulso do acampamento.

Era noite. Sentado à porta do pavilhão, Ricardo apreciava a brisa fresca que soprava do ocidente: trazia-lhe saudades da Inglaterra mas, ao mesmo tempo, restituía-lhe as forças abaladas.

Estava só. Os criados se ocupavam em preparar tudo para a revista no dia seguinte. Os soldados cuidavam dos preparativos para o reinício da guerra.

Aquele movimento todo agradava ao Rei, que sorria, pensando nas vitórias, na glória e na conquista.

Alguém interrompeu o seu repouso para anunciar-lhe um mensageiro de Saladino.

– Manda entrar já e com todas as honras – ordenou Ricardo.

O criado voltou com um homem que não era mais do que um escravo negro. Um etíope. Alto, bem-feito, feições majestosas. Um turbante branco cobria-lhe a cabeça e nos ombros trazia um manto alvíssimo, aberto na frente e nas mangas, deixando ver por baixo a veste de pele de leopardo que lhe descia abaixo dos joelhos. Usava sandálias e, nas pernas e nos braços, braceletes de prata. Da cintura pendia-lhe um sabre com bainha forrada de pele de cobra. Na mão direita segurava uma lança curta e larga, com ponta de aço. Na esquerda, preso a uma trela de ouro e seda, lindo e corpulento galgo.

O mensageiro negro fez uma reverência ao Rei e descobriu parte dos ombros em sinal de humilhação. Curvou-se até tocar no chão. Depois, endireitou-se. Com um joelho em terra entregou a Ricardo uma carta de Saladino.

Dizia o Sultão que estava informado da decisão de Ricardo de prosseguir a guerra. Chamava-o cego por ter escolhido a luta em vez da paz, a inimizade à amizade. Que o considerava, contudo, muito nobre e esperava encontrá-lo breve nos campos de batalha. Agradecia o presente que o Rei lhe mandara, o casal de anões. Retribuindo-lhe, mandava o escravo da Núbia, portador da mensagem. Falava nas habilidades do escravo, na fidelidade e na grande qualidade, a discrição, uma vez que nascera mudo. Esperava que o mesmo lhe prestasse grandes serviços. E finalmente, dizia confiar em que Deus e o Profeta restituíssem a razão a Ricardo e que ele encontrasse os caminhos da paz.

Ricardo ficou satisfeito com o presente e a carta, que trazia a assinatura e o selo de Saladino. O Rei gostava desse entendimento com o Sultão, homem corajoso e de caráter.

Quanto ao escravo, Ricardo olhou-o em silêncio. Era belo. Uma estátua de mármore negro esculpida com a maior perfeição. Ricardo gostava de ver um homem perfeito e agradou-lhe a harmonia das formas e a beleza das proporções.

– És pagão?

O escravo abanou a cabeça e traçou o sinal da cruz. Era cristão.

– Já sei, um cristão da Núbia, a quem esses cães infiéis arrancaram a língua.

O mudo fez um sinal negativo e levantou a mão para o céu tocando depois os lábios.

– Compreendo. Sofres pela vontade de Deus e não pela crueldade dos homens. Sabes cuidar de armas?

O núbio fez sinal que sim e dirigiu-se para onde estavam as armas e o elmo de Ricardo. Pegou tudo com tal jeito que logo provou conhecer os deveres de escudeiro.

– Ficarás a meu serviço particular. Quero mostrar a Saladino a importância que dou a seus presentes. O fato de seres mudo até ajuda. Não farás enredos nem provocarás minha cólera com respostas atrevidas.

O mudo prostrou-se mais uma vez diante do Rei e afastou-se, aguardando ordens.

– Vais começar já o teu serviço. Há uma grande mancha naquele escudo. Quero usá-lo e que esteja tão luzidio quanto o caráter de Saladino.

Justamente, neste momento, o clarim anunciou a chegada de Neville. Trazia cartas da Inglaterra.

As notícias não eram boas. Os dois irmãos que deixaram no governo se desuniam, o povo sofria opressões dos nobres e as revoltas se sucediam uma após outra.

Os conselheiros pediam a volta de Ricardo, quanto antes, para livrar a pátria dos horrores da guerra civil. Acrescentavam que tanto a Escócia quanto a França poderiam se aproveitar desse estado de coisas.

Ricardo leu e tornou a ler as cartas. Bem depressa se afastou de tudo quanto o rodeava e ficou absorvido pelos seus pensamentos.

No fundo do pavilhão, o escravo negro, de costas, polia o enorme escudo de aço. A superfície lisa não tinha os Leões da Inglaterra gravados nem qualquer outra divisa. Portanto, assim polido, brilhava como um espelho de cristal puro.

Perto do núbio, um pouco escondido, estava deitado o galgo.

A calma reinava em volta do pavilhão.

* * *

Uns vinte soldados ingleses montavam guarda. Conserva-vam-se em silêncio para não interromper a meditação do Rei. Outros, mais afastados, jogavam e outros, ainda, dormiam, enrolados nas capas.

Por entre as sentinelas deslizou um vulto magro, um desses bobos que apareciam, de vez em quando, nos acampamentos. Eram inofensivos: os soldados os acolhiam com desprezo e os maltratavam.

Rolando pelo chão, a criatura aproximou-se tanto do pavilhão de Ricardo que foi visto pelos soldados. Daí, então, não teve mais sossego. Os soldados pediam que pulasse, dançasse e fizesse piruetas. O bobo fez-lhes a vontade e aproveitava os saltos para mais se aproximar da tenda do Rei.

Os soldados obrigaram-no a beber um enorme frasco de vinho. No início recusou, depois fingia que bebia e finalmente esgotou o frasco até a última gota. Ao largá-lo, murmurou: "Deus tenha misericórdia."

Os soldados soltaram ruidosas gargalhadas. E tamanha algazarra fizeram que interromperam a meditação do Rei. Num gesto de desagrado, Ricardo gritou, colérico:

– Que é isto? Já não há respeito, nem disciplina, patifes?

Num minuto fez-se o silêncio. Conheciam bem o Rei e sabiam que não valia a pena enfurecê-lo.

Afastaram-se todos. Mas fizeram os maiores esforços para levar o bobo junto com eles. Este, aparentemente embriagado, resistia, gemendo alto. Deixaram-no a dormir, deitado no chão, parecendo impossibilitado de se mexer.

Pouco depois estava de novo tudo em calma.

O negro escravo

O assassino hediondo, guiado pelo uivo do lobo, avança, em passos furtivos e ligeiros e aproxima-se do seu alvo, semelhante a um espetro.

MACBETH

Após os fatos que acabamos de narrar, o silêncio no pavilhão real prolongou-se por mais meia hora. Ricardo continuava absorvido na leitura das cartas e na meditação. Os soldados, no mais completo mutismo, jogavam ou dormiam. O bobo permanecia caído, mais parecendo um monge de trapos.

O núbio continuava a polir o escudo e a superfície brilhante como um espelho refletia os objetos exteriores. Foi por aí que viu, com espanto, o bobo se levantando, devagar. Erguia-se, olhava em volta e tornava a pousar a cabeça no chão, como se desejasse que os seus movimentos não fossem vistos. Depois, com a certeza de que não era vigiado, começou a rastejar lentamente. Parava, de vez em quando, e prosseguia, aproximando-se, cada vez mais, do pavilhão do Rei.

O escravo negro se preparava para intervir, no momento próprio, pois suspeitava de que a intenção do estranho não era boa.

E o bobo, já a pequena distância, levantou-se de um salto. Num instante, colocou-se atrás de Ricardo, segurando um punhal que tirara da manga.

Ninguém poderia ter salvo o Rei, se o escravo núbio não acudisse. Controlara todos os gestos do homem e antes que ele pudesse ferir, agarrou-lhe o braço. O assassino, cego pela raiva, voltou-se para o negro e vibrou-lhe uma punhalada, que lhe apanhou o braço, de raspão. O núbio era mais forte e não teve dificuldade em derrubá-lo.

Tendo percebido o que se passava, Ricardo levantou-se e esmagou o crânio do assassino com o banco em que estivera sentado. E o fez com maior indiferença, como se tivesse esmagado um inseto que tentasse picá-lo. Dos lábios saiu-lhe a exclamação: "Ah, maldito cão!"

O assassino murmurou duas vezes: "A vitória é de Deus", e expirou aos pés de Ricardo.

– Que belos guardas eu tenho! – comentou o Rei, quando os soldados se aproximaram, aterrorizados.

Mandou que levassem o cadáver do turco, cortassem-lhe a cabeça e a espetassem na ponta de uma lança, voltada na direção de Meca. Que isto servisse de exemplo a outros.

Só então é que viu o escravo ferido, sangrando.

– Mas... que é isto? Estás ferido e, naturalmente, por uma arma envenenada! Que um dos meus soldados sugue esta ferida, já!

Os soldados se entreolharam, na dúvida.

– Por que perdem tempo, preguiçosos?... Temem a morte, por acaso?

– Não receamos morrer como homens – respondeu um dos soldados. – Mas morrer como ratos envenenados e por causa de um negro que se pode vender e comprar como se compra gado...

– Sua Majestade fala em sugar veneno como quem manda beber um copo de vinho.

– Nunca ordenei a ninguém que fizesse aquilo que eu não estivesse disposto a fazer.

E aplicou os lábios à ferida.

Quando parou para respirar, muitos se ofereceram, para evitar que o Rei o fizesse novamente. O próprio núbio recuou, cobriu a ferida com a manga e se negou a consentir que o Rei renovasse a operação.

Um dos soldados, Long-Allen, disse que preferia chupar todo sangue do negro a consentir que o seu Rei o tocasse de novo com os lábios.

O Rei explicou, então, que quis apenas lhes mostrar como se procede quando se é ferido por setas envenenadas. Em seguida, mandou que Neville conduzisse o núbio para o quartel. De lá não deveria sair para nada. Repreendeu seus soldados, dizendo que só serviam para comer e beber. Ordenou que voltassem a seus postos e mantivessem os olhos abertos. Lembrou-lhes que o inimigo atacava sem aviso. Não se faziam desafios como na Inglaterra ou no resto da Europa.

Os soldados retiraram-se, envergonhados.

Ricardo continuou a conversar com Neville. Lembrou-se depois de que Saladino escrevera que o escravo era hábil em desvendar mistérios.

– Serias capaz de decifrar este, amigo?

O núbio mostrou desejos de falar.

– Dar-te-ei mais do que o teu peso em ouro, se conseguires encontrar o ladrão que se atreveu a roubar a bandeira e tentou contra a minha vida.

O escravo moveu afirmativamente a cabeça.

– O quê?! Serias capaz de descobrir esses mistérios? Mas, como havemos de nos entender? Sabes escrever?

O escravo fez novo sinal afirmando.

– Deem-lhe tudo quanto é preciso para escrever. Este homem vale um tesouro!

– Perdoe-me, Majestade, se lhe digo o que penso – falou Neville. – Esta raça de homens não é de confiança. Talvez este tenha contrato com o inimigo!

– Cala-te, Neville. Sabes bem que é impossível deter um Plantageneta que se dispõe a vingar sua honra.

O escravo, tendo terminado o que escrevera, prostrou-se diante do Rei, entregando-lhe o escrito. Assim estava:

"A Ricardo, o conquistador invencível, do mais humilde de seus escravos. Mistérios são caixas seladas pelo céu e a sabedoria possui meios de abri-las. Se o vosso escravo for colocado num ponto onde os guerreiros passem, um a um, não terá dificuldade em descobrir o criminoso, se estiver entre eles, mesmo que se oculte debaixo de sete véus."

– Por São Jorge, não esqueças. Amanhã, quando se reunirem as tropas, todos os generais hão de passar diante do Monte de São Jorge. É ali onde tremula a bandeira inglesa e eles lá irão para fazer-lhe continência, em desagravo. Aí tu ficarás e veremos se tua arte será capaz de descobrir o criminoso.

Neville ainda relutou para ver se Ricardo desistia. Apresentou razões e repetiu a desconfiança de que o negro, aliado de Saladino, talvez estivesse zombando deles.

Mas Ricardo não desistiu e dirigiu-se ao núbio:

– Negro mudo, cumpre tua promessa e, palavra de Rei, escolherás tu próprio, tua recompensa... Mas... estás escrevendo de novo?

De fato o mudo escrevia novamente.

Terminado o bilhete, entregou-o ao Rei. Dizia: "A vontade do Rei é lei para o escravo, que não espera recompensa quando cumpre o seu dever." E mais: Informava que Saladino o encarregara de entregar uma mensagem a *Lady* Edith Plantageneta. Pedia que lhe proporcionasse os meios para se desincumbir do encargo.

– Que dizes, Neville?

– Não sei a opinião de Vossa Majestade. Mas julgo que, se tal mensagem fosse de vossa parte a Saladino, o mensageiro não ficaria com a cabeça em cima dos ombros.

– Pois não vou punir um servo porque deseja cumprir as ordens do amo. Além do mais, já lhe devo a vida. O pedido dele é, de fato, atrevido. Em todo caso, não posso conceder-lhe coisa alguma agora, sem que ele cumpra, antes, o que prometeu: desagravar minha honra. Vigia-o bem e vê que seja bem tratado. Tenho outra recomendação a fazer-te. Vai procurar o eremita de Engaddi. Santo ou doido, desejo falar-lhe.

Neville saiu do pavilhão em companhia do negro. Estava bastante admirado dos modos do Rei. Havia, em suas palavras e atitudes, um pesado mistério. Não deixava perceber claramente se lhe agradava ou não o comportamento do escravo. Parecia que existia, entre os dois, uma conta mais antiga e que ficara por saldar porque assim conviera a ambos.

Neville estava convencido de que o escravo não entendia o inglês, embora tivesse aprendido a escrever fosse de que maneira fosse. Seria possível a uma pessoa entender uma conversa, em que era o principal assunto, e manter a indiferença que o escravo aparentara?

O cavaleiro enfrenta a sorte

Não é prudente olhar para trás quando o caminho é para a frente.
ANÔNIMO

Quem está aí? Aproximai-vos. É o meu ilustre médico,
é um amigo.
EUSTÁQUIO GREY

Agora, neste ponto de nossa história, vamos recuar até o momento em que o cavaleiro do Leopardo foi expulso do acampamento e confiado ao médico árabe.

Dali seguiu Kenneth o seu novo senhor – fora dado a Hakim, como escravo – para o acampamento turco.

Chegando à barraca que lhe fora destinada sentou-se e sentiu como se o coração estivesse em pedaços. Soluçou durante alguns minutos. O médico ouviu-o e foi sentar-se junto dele, para consolá-lo.

– Anima-te, amigo. Há um poeta que diz: mais vale ser escravo de um bom amo do que das próprias paixões. José, filho de Jacó, foi vendido pelos irmãos ao faraó do Egito, enquanto tu foste entregue pelo teu soberano, a quem estimas como a um irmão.

Kenneth quis agradecer, mas sua angústia era grande demais: nem conseguia falar. O médico não insistiu. Deixou-o sozinho para curtir bem a sua mágoa.

Na hora da refeição, Hakim insistiu para que comesse, mas ele limitou-se a um copo d'água.

Enquanto o médico dormia profundamente, o cavaleiro, acordado, ouvia e acompanhava os preparativos para a partida. Tudo pronto, Hakim se pôs à frente dos cavaleiros. Ordenou que trouxessem um cavalo para Kenneth.

As barracas foram desarmadas num instante. Hakim invocou a proteção de Maomé e logo a caravana pôs-se a caminho. Antes de saírem da área militar, passaram por vários postos de revista. Finalmente, destacados dois ou três cavaleiros para a frente, outros para a retaguarda e mais dois para a proteção dos lados, seguiram a grande viagem.

Sir Kenneth ainda lançou um olhar de despedida ao acampamento. Justamente ali, à sombra daquela bandeira e junto de Edith Plantageneta, perdera a honra e a liberdade. Ali, onde sonhara alcançar a honra e a glória.

Hakim cavalgava a seu lado. Via-lhe a tristeza, adivinhava-lhe os pensamentos e tentava chamá-lo à razão: "Não é prudente olhar para trás quando o caminho é para frente."

Como se quisesse confirmar a sentença do médico, o cavalo tropeçou devido à distração do cavaleiro que se viu obrigado a prestar atenção ao que fazia, apesar de a montada ser excelente.

— As qualidades desse animal são como a sorte do homem. Quanto mais suave é o seu passo, mais cuidado se deve tomar. Quando a nossa felicidade está no auge, é bom vigiar para evitar o infortúnio.

— Creio que não são mais necessários comentários sobre minha desgraça — disse Kenneth, aborrecido com os provérbios do árabe. — E se, por um lado, te agradeço teres me dado um cavalo tão bom, por outro lado, gostaria que caíssemos ambos de maneira que não pudéssemos levantar mais.

– Falas como um louco, irmão. A ti eu não reservei um cavalo novo e fogoso, pois tu és novo e podes remediar os defeitos do cavalo velho. Enquanto isso, a impetuosidade do potro deve ser contida pela mão de um velho...

Kenneth reconheceu a sabedoria das palavras, mas não respondeu. O médico, cansado de tentar animar quem não desejava sê-lo, calou-se. Mandou chamar um dos homens da sua comitiva, poeta de profissão e pediu-lhe que suavizasse a viagem com algumas narrativas.

Toda a comitiva se aproximou do narrador, que contou uma história de amor, cheia de façanhas guerreiras e citações de poetas, bem ao gosto dos orientais.

Em outra ocasião, Kenneth teria apreciado. Mas, no estado de espírito em que se encontrava, isolou-se, entregando-se aos seus tristes pensamentos.

Por fim, sua atenção foi despertada pelo uivar de um cão. Não lhe foi difícil descobrir o seu fiel galgo, fechado numa espécie de cesta que pendia de um dos camelos. Seus gemidos significavam que ele sabia estar por perto o seu dono e pedia que o libertasse.

– Pobre Roswald! Pedes auxílio a quem é tão escravo como tu. A lembrança de tua afeição por mim só serve para tornar mais dolorosa a nossa separação.

Passou-se a noite.

Muito cedo, quando o sol nasceu, a voz de Hakim chamou os crentes à oração.

Num instante, todos saltaram dos cavalos e prostraram-se com o rosto voltado para Meca, pedindo a Deus e ao Profeta perdão para os seus pecados.

Kenneth não pôde deixar de admirar a sinceridade e o fervor das orações. E como no cristão o melhor consolo são as orações, o cavaleiro sentiu sua mágoa suavizando e sua paciência renovada para suportar com mais força o que lhe estava destinado.

Entretanto, os sarracenos tinham montado de novo e a viagem prosseguiu.

No caminho, encontraram-se com um corpo de cavalaria, fortemente armado. Hakim tomou todas as precauções para evitar um combate.

Kenneth perguntou:

— Por que temes esses cavaleiros? São cristãos e estamos em tréguas...

— O sábio só teme o Céu — falou o médico —, mas receia o pior quando se trata de malvados.

— Mas são cristãos... E a trégua?

— São Templários. Não respeitam nada. A sua paz é a guerra. A sua fé é a falsidade. São diferentes dos outros cristãos.

— Mas estão ali camaradas meus, com a bandeira da Cruz que jurei defender!

— Não são leais. São lobos famintos: por mais que devorem, não ficam satisfeitos. Todos os outros invasores sabem como tratar o inimigo. O Leão Ricardo respeita-os depois de os ter vencido. O próprio Urso Austríaco dorme quando está farto. Mas esses seriam os primeiros a te matar, nem que fosse para evitar que tu revelasses a quebra da trégua...

— Correrei esse risco. Se eu posso me livrar da escravidão, por que não hei de fazê-lo?

— Veremos — falou o árabe. E tomando as rédeas do seu cavalo, meteu-o a galope e arrastou os dois animais numa corrida louca. O cavaleiro não viu outro jeito senão acompanhar os outros. E por mais habituado que estivesse a montar, todos os animais que conhecera até ali podiam considerar-se tartarugas, comparados com aquele. Devorava o deserto como se tivesse asas. Tal era a velocidade que o cavaleiro tinha dificuldade até de respirar. Mas a sensação não era desagradável.

Correram assim perto de uma hora. Quando não havia mais nenhum perigo de serem alcançados, Hakim abrandou o passo dos cavalos.

Então, com a maior tranquilidade, como se nada tivesse acontecido começou a falar sobre a excelente qualidade dos animais árabes, enquanto o escocês, ainda atordoado, mal conseguia perceber o que ele dizia.

– Estes cavalos pertencem a uma raça chamada "Asas" e recebem uma alimentação especial de cevada dourada e carne de ovelha. Tu és o primeiro nazareno que monta um cavalo desta raça.

O cavaleiro escocês não respondeu, mas estava pensando como era grande a vantagem desses guerreiros orientais, possuindo cavalos cuja ligeireza é tão eficaz no ataque como na retirada.

Para não alimentar o orgulho do companheiro, continuou calado, fingindo interessar-se pelo caminho. Então, notou que já conhecia aquele lugar. Eram as margens nuas e as águas turvas do Mar Morto, a cadeia de montanhas, os desfiladeiros, o grupo de palmeiras – um oásis verdejante no meio do deserto.

Ali, pararam e, ao pé da fonte, saltaram dos cavalos. Kenneth jamais se esqueceria do *Diamante do Deserto*, onde tempos antes estivera com o emir sarraceno.

– Come e bebe, Kenneth, e não desanimes. A desgraça pode abater os tolos, mas tanto o sábio como o guerreiro devem ser superiores aos seus golpes.

O cavaleiro empregou os maiores esforços para corresponder ao interesse do médico, mas não conseguiu comer.

Uma nuvem de tristeza passava-lhe nos olhos e o cansaço quebrava-lhe o corpo.

Hakim tomou-lhe o pulso e achou-o agitado. Os olhos brilhantes, a respiração difícil e as mãos ardentes...

– As faculdades mentais ativam-se com o esforço, mas o corpo precisa de sono para repousar. Bebe isto, pois é necessário que durmas.

Num copo de ouro havia despejado um líquido de cor escura que tirara de uma pequena bolsa de cristal.

– Este é um dos produtos que Alá nos deu como bênção, apesar da maldade dos homens o empregarem para o mal. É como o vinho: alivia a tristeza e traz o sono. Mas, se abusares dele, destrói as forças e os nervos e enfraquece o cérebro.

O cavaleiro bebeu o narcótico com água da fonte, embrulhou-se no manto árabe e deitou-se à sombra para dormir.

E *Sir* Kenneth adormeceu aos pés de Hakim, tão profundamente que, se não fosse a respiração alta, poder-se-ia supor um corpo privado de vida.

O disfarce

Durante o sono, a varinha de um feiticeiro tocou esta região de mistério e mudou o seu aspecto.

ASTOLFO

Quando o cavaleiro do Leopardo despertou, viu-se em situação bem diferente daquela em que adormecera. Duvidou até: estaria bem acordado ou ainda sonhava?

Em vez de deitado na relva, achava-se estendido num leito. O luxo que o cercava excedia a tudo quanto se possa imaginar. Vestia puro linho e seda finíssima.

Olhou em redor para se convencer de que não sonhava. Viu preparado, junto da cama, o banho de onde saíam perfumes suavíssimos. *Sir* Kenneth resolveu aproveitar o banho. Ao sair dele, limpo e bem-disposto, procurou a roupa. Em seu lugar, encontrou um trajo sarraceno, de fazenda riquíssima, um sabre e um punhal, armas usadas pelos sarracenos de distinção.

Tantos cuidados deixaram-no desconfiado e suspeitando de que tudo aquilo seria para fazê-lo converter-se à religião muçulmana. Decidiu não fazer uso de nada. E como não pudesse sair em trajes íntimos, voltou para a cama e acabou por adormecer.

Desta vez, a voz do médico interrompeu-lhe o sono.

– Posso entrar? – perguntou.

– O amo – respondeu Kenneth – não precisa de autorização para entrar na barraca do escravo.

– Não venho como amo.

– O médico tem entrada livre no quarto dos doentes – disse Kenneth.

– Também não venho como médico e por isso peço licença para entrar.

– Seja como for, se vens na qualidade de amigo, podes entrar.

– Mas supõe – continuou o médico – que não sou teu amigo...

– Vem como quiseres. Bem vês que não tenho poder nem desejo de te negar a entrada.

– Venho como um antigo inimigo, mas leal e generoso.

Aproximou-se, então, da cama do escocês e este verificou que, apesar da voz ser a do médico árabe, a figura, as feições e o trajo eram de Ilderim do Curdistão ou Sheerkhof.

Kenneth olhou para ele como quem olha para um fantasma.

– Sendo tu tão bom guerreiro – comentou o árabe – admira-me que estranhes um soldado saber qualquer coisa de Medicina. Um perfeito cavaleiro deve conhecer a maneira de tratar o seu cavalo, tão bem como a arte de montar. Igualmente, se sabe servir-se de espada deve sabê-la limpar e, acima de tudo, curar as feridas que essa arma possa causar.

Mesmo depois da explicação, o cavaleiro continuava espantado. Se fechava os olhos, ouvia a voz de Hakim e supunha ter diante de si o médico de vestes pretas e longas barbas. Mas se os abria, via as feições finas e a pequena e sedosa barba do guerreiro sarraceno, de turbante branco, enfeitado de pedras preciosas.

— Continuas admirado? Ainda não aprendeste a saber que os homens nem sempre são o que parecem? Tu próprio, escocês, confessa a verdade, és o que aparentas ser?

— Não, por Santo André! – respondeu o cavaleiro. – Pareço um traidor, mas não deixo de ser fiel e bom cavaleiro.

— Sempre te considerei assim – afirmou Ilderim. – Desde que comemos o sal juntos, julguei ser meu dever livrar-te da morte e da infâmia. Mas por que ficas na cama quando o sol já vai alto? Ou não achas digno de ti o trajo que te ofereci?

— É pouco próprio para a minha condição de escravo. Custa-me usar a roupa de um guerreiro...

— É muito grande a tua desconfiança, nazareno. Já te disse que Saladino nunca obrigou ninguém a converter-se à sua fé. Veste, portanto, essa roupa, porque se fores ao acampamento de Saladino com o teu trajo ordinário poderias expor-te a que reparassem e provocarias aborrecimentos...

— Se for ao acampamento de Saladino... Por acaso sou livre nas minhas ações? Não devo seguir-te para onde quiseres me levar?

— És tão livre como a poeira do deserto. O nobre inimigo que desafiei e quase me desarmou, nunca poderia tornar-se meu escravo.

— Completa a tua generosidade mas não tornes a comentar nada. Eu te agradeço por uma cortesia e bondade que não mereço.

— Não mereces! – respondeu o emir. – Pelo menos foram as descrições que fizeste das belas da corte de Ricardo que me levaram a entrar disfarçado de médico no acampamento e a poder gozar a visão mais bela que meus olhos já viram e, penso, não tornarão a ver até o dia em que entrar no paraíso.

– Não compreendo...

– Não compreendes! Bem sei que, naquela ocasião, estavas condenado à morte. Mas ainda que eu tivesse a cabeça cortada, o meu último olhar seria para contemplar a visão encantadora! Essa Rainha da Inglaterra que, por sua beleza, merecia ser considerada rainha do universo. Aqueles lindos olhos azuis... aqueles cabelos dourados!... Não creio que nenhuma outra, neste mundo e no outro, seja mais digna de minhas carícias do que essa mulher.

– Sarraceno, não se esqueça de que falas de uma Rainha...

Mas o outro continuou a falar sobre as mulheres do acampamento inglês. E citou Edith Plantageneta, lembrando-a como possível candidata a esposa de Saladino.

Kenneth reagiu com palavras de ameaça e já se preparava para desafiar o sarraceno, quando este disse:

– Já combatemos os dois, agora somos amigos. Espero ser auxiliado por ti, em vez de ouvir desafios.

– Tens razão, somos amigos – repetiu o cavaleiro, pensativo.

– Vamos falar com serenidade. Como sabes, sou médico e vou pôr o dedo na tua ferida. Tu amas a parente de Ricardo, isto pude ver bem.

– Amei-a.

– E deixaste de amá-la?

– Deixei de ser digno disso. Mas peço-te, acaba com essa conversa.

– Perdoa-me se insisto. Mas quando a amaste, tinhas esperança de ser correspondido?

– Não existe amor sem esperança.

– E presentemente?

– Minha esperança extinguiu-se de todo – falou Kenneth.

– É fácil reavivá-la. Em resumo, se queres recuperar a tua boa reputação e descobrir o criminoso que roubou a bandeira da Inglaterra, posso indicar-te o meio de o conseguires. É só te deixares guiar por mim.

– Tu és sábio, Ilderim. Dirige este caso como bem entenderes. Obedecerei, desde que não me peças nada contrário à minha fé ou lealdade. Depois de cumprir o meu desejo podes dispor da minha vida.

– Então ouve: o teu galgo está curado. O faro que tem basta para descobrir aqueles que o atacaram, na ocasião do roubo.

– Percebo o teu plano e não sei como não tive essa ideia.

– Tens alguém no acampamento que possa reconhecê-lo?

– Não. Meu escudeiro e o rapaz que me servia voltaram para a Escócia com cartas que mandei na véspera do que deveria ser o dia da minha morte. Só eles o conheciam. Mas, e eu? Infelizmente não passaria despercebido no acampamento onde desempenhei papel tão triste.

– Tanto ele como tu irão tão bem disfarçados que nem teus próprios irmãos te reconheceriam. Deixa-te guiar pelos meus conselhos. Só imponho uma condição.

– Qual é?

– Terás de entregar uma carta de Saladino à prima de Ricardo.

Kenneth hesitou.

– Qual é a dificuldade, cristão?

– Nenhuma. Pensava unicamente se seria compatível com minha honra levar uma carta do Sultão a *Lady* Edith ou se o é, da parte dela, receber cartas de um príncipe pagão.

– Juro-te que a carta será escrita nos termos mais respeitosos.

– Sendo assim, cumprirei fielmente o encargo. Mas não deves esperar que, além disso, eu seja conselheiro destes estranhos amores.

– Saladino é nobre e não há de exigir do cavalo mais do que suas forças possam dar. Segue-me agora à barraca e, em pouco tempo, terás um disfarce que te encobrirá melhor do que as trevas da noite e com o qual poderás passear pelo acampamento dos nazarenos sem que ninguém saiba quem tu és.

A prova do crime

*Um prego enferrujado basta para desnortear a bússola
e fazer naufragar um barco.
O mais leve capricho entre soberbos quebrará os laços de amizade
que os unem e causará o fracasso dos seus nobres projetos.*

A CRUZADA

Agora o leitor já terá adivinhado a identidade do escravo negro. Já sabe quais as intenções que trazia ao chegar ao acampamento e qual a sua esperança quando compareceu ao Monte de São Jorge, ao lado de Ricardo.

O Rei, cercado pelos pares de Inglaterra, tinha ao lado seu irmão bastardo, Guilherme, Conde de Salisbury.

As tropas, comandadas pelo seus reais chefes, subiam o morro e formavam em torno dele. Conforme chegavam ao alto do morro, o Rei ou príncipe que as comandava dava dois passos em frente e saudava Ricardo e a bandeira em sinal de respeito. Os sacerdotes, que não tiravam o chapéu a ninguém, lançavam a bênção ao Rei.

O exército assim reunido, os soldados aprumados nas selas, as bandeiras, as insígnias e os uniformes coloridos brilhando ao sol, tudo reunido dava uma impressão de força e disciplina.

Ricardo, no meio da encosta, montava soberbo cavalo.

Numa tribuna, na base do monte, estavam a Rainha e as damas.

Quando passava algum dos chefes, de quem suspeitasse como sendo o autor do roubo da bandeira, Ricardo voltava-se ligeiramente para o núbio.

À passagem de Felipe de França, Ricardo desceu o monte e os dois se encontraram a meio caminho. Saudaram-se com tanto carinho que mais pareciam dois irmãos. Essa prova de bom entendimento entre os dois maiores soberanos da Europa provocou os aplausos do exército.

Quando passaram os Templários, vestidos de negro, o Rei olhou para o escravo com a maior ansiedade, mas este permaneceu tranquilo e o cão seguia o desfile com atenção, sem dar qualquer sinal.

Afinal, apareceu o Arquiduque da Áustria, sobre quem recaíam as maiores suspeitas.

– Atenção, meu núbio, deixa que o cão o veja bem.

Bem próximo, Leopoldo assobiava entre dentes e fez a saudação com ar de pouco caso e de má vontade. O bobo e o poeta que o acompanhavam proclamaram, em altas vozes, como dois arautos, suas grandezas e privilégios. Houve uma gargalhada geral.

Ricardo olhava com insistência para o núbio. Tanto este como o galgo estavam impassíveis. Ricardo comentou:

– A esperteza do cão e a tua não resultaram em nada para aumentar teu prestígio diante de meus olhos.

O núbio inclinou a cabeça, como de costume.

Agora chegavam as tropas do Marquês de Montserrat. As fardas riquíssimas, a formação dos soldados impecável. Ele próprio se vestia de ouro, prata e plumas.

A sua autoridade, à frente dessa tropa, era, porém, aparente. A seu lado cavalgava um velhote, cujo trajo simples e preto fazia completo contraste com o de Conrado. Era o delegado veneziano, encarregado pela República de fiscalizar a conduta dos generais.

Conrado conseguira conquistar as simpatias do Rei. Tanto que Ricardo se encaminhou para ele e exclamou:

— Então, que é isto, marquês? Acompanhado sempre pela sombra, faça sol ou não.

O marquês sorriu e ia responder quando Roswald soltou um ladrido furioso e armou um pulo. E como o núbio o soltasse, pulou sobre o cavalo de Conrado e lançou-se ao pescoço do cavaleiro, que rolou pela areia enquanto o cavalo fugia, assustado.

— O teu cão encontrou a caça que esperava — exclamou Ricardo — mas chama-o, senão é bem capaz de estrangular a presa.

O núbio obedeceu. A custo conseguiu obrigar o cão a abandonar Conrado.

Acudiu muita gente. Os oficiais do marquês, vendo-o caído, ajudaram-no a levantar-se, jurando que haviam de matar o escravo e o cão.

A voz de Ricardo sobressaiu no tumulto:

— Quem fizer mal ao cão, morre. Ele cumpriu o seu dever, valendo-se do instinto com que a natureza o dotou. Conrado, Marquês de Montserrat, acuso-te de traição.

— Que significa isto? Por que motivo me tratam assim e me ameaçam?

— Serão os príncipes, por acaso, lebres para se lhes lançarem os cães? — falou o Grão-Mestre dos Templários.

– Somos vítimas de algum engano fatal – acrescentou Felipe de França.

– Ou de intrigas do inimigo – lembrou o Arcebispo de Tiro.

– Seria melhor matar o cão e torturar o escravo.

– Ninguém lhes toque, se tem amor à vida! Conrado nega, se podes, que o instinto deste nobre animal te aponta como autor da afronta feita à Inglaterra.

– Eu não toquei na bandeira – protestou Conrado, com precipitação.

– Tu próprio te denunciaste. Como podias adivinhar que se tratava da bandeira, se a tua consciência não te acusasse?

– Acusas-me, baseando-te no testemunho de um cão?

Entretanto, o tumulto havia se generalizado. Felipe de França julgou conveniente interferir. Ali estava um péssimo exemplo para os soldados. Lembrando isso aos nobres aliados, sugeriu que se resolvesse a questão de outra maneira.

As tropas se recolheram.

O Conselho reuniu-se à hora marcada, com a presença de todos os aliados.

Conrado de Montserrat entrou na sala acompanhado pelo Arquiduque de Áustria, Grão-Mestre dos Templários e outros príncipes que ficaram solidários com a sua causa e que tinham algum motivo pessoal ou político para estarem contra Ricardo.

Por seu lado, o Rei de Inglaterra pouca importância deu à aliança dos seus adversários. Entrou na sala, como sempre, com seu ar altivo. E assim, frontalmente acusou Conrado de ter roubado a bandeira e ferido o animal que a guardava.

Conrado negou e protestou inocência.

O Rei Felipe de França intercedeu, apelando para que Ricardo considerasse mais a palavra de um príncipe e cavaleiro do que o ladrar de um cão.

E Ricardo argumentou com os poderes e as virtudes com que o Senhor dotara esse fiel companheiro do homem, o cão. A fidelidade do animal, a sua inteligência quase humana, mas sem sombra de falsidade. A um homem se pode comprar para cometer um crime ou jurar falso para comprometer um inocente. Mas ninguém conseguirá levar um cão a fazer mal ao seu benfeitor. Disse mais: "Disfarce-se o marquês como quiser, pinte a cara, esconda-se no meio da multidão. O cão o descobrirá e tentará vingar-se como fez hoje."

— Mas não podemos desonrar um príncipe, obrigando -o a bater-se com um cão — falou Felipe de França.

— Certo. Nem pensei nisso. Mas um Rei pode lutar com um marquês. Aqui está minha luva e nós o desafiamos para um combate.

Conrado foi tão lento em apanhar a luva que deu tempo a Felipe para intervir novamente.

— Um Rei é tão superior a um marquês como o cão lhe seria inferior. Sois o chefe desta Cruzada.

Houve, então, protestos contra o desafio. E o delegado veneziano impôs:

— Eu protesto até que Ricardo pague o dinheiro que nos deve.

Outro protesto partiu do Conde de Salisbury, o irmão bastardo do rei. Ofereceu-se ele próprio para lutar com o marquês.

— Príncipes e fidalgos — disse o Marquês de Montserrat. — Não aceito o desafio de Ricardo, pela razão já falada. Mas contra seu irmão ou contra qualquer, estou pronto a vingar a minha honra e provar que a acusação é falsa.

Felipe, ainda uma vez, interferiu:

– Tudo isto poderia acabar com honra para os dois lados, se Ricardo se dispusesse a retirar a acusação.

– Rei de França, nunca poderia afirmar o contrário do que penso. Insisto. Conrado aproveitou a escuridão da noite para roubar o emblema de Inglaterra. Marquem o dia do combate. Não me será difícil encontrar campeão que me substitua. Quanto a meu irmão, não deve intervir neste conflito.

O duelo foi marcado, então, por Felipe de França, para dali a cinco dias.

Quanto ao local, seria escolhido longe do acampamento para os soldados não tomarem partido.

Para isso teriam que recorrer a Saladino, pedindo um campo neutro.

Foi encerrada a reunião do Conselho com as recomendações e orações de sempre.

O Grão-Mestre dos Templários perguntou, baixo, ao marquês:

– Não tens receio do desafio?

– Por minha vontade não combateria com Ricardo. E não tenho vergonha de dizer que gostei de evitar o confronto com ele. Assim, não existe no acampamento cavaleiro com o qual eu receie lutar.

Desse modo, com essa coragem e disposição, o marquês uniu-se aos que estavam do seu lado e foram ao pavilhão do austríaco, o Arquiduque Leopoldo para acertarem os padrinhos. É claro que a escolha dos padrinhos foi muito bem regada a copos e copos de bom vinho.

A dura missão do cavaleiro

A minha inconstância é tal que tu própria a aprovarás.
Porque eu não seria digno de adorar-te, amor, se não pusesse
a honra ainda mais alto do que tu.

LOVELACE

Assim que Ricardo chegou ao pavilhão mandou chamar o núbio. Este entrou e, depois do cumprimento, ficou de joelho em terra, aguardando as ordens do Rei.

Para ele essa posição era a melhor para manter-se no papel de escravo. Do contrário, muito lhe custaria suportar o olhar penetrante do soberano.

– És um bom caçador, ficou provado. Soubeste encontrar a lebre, tão bem como um grande caçador. Mas não basta. É preciso que a presa morra no combate. O meu desejo seria matá-la por minhas mãos, mas há motivos que me impedem. Vais, então, regressar ao acampamento de Saladino a quem entregarás uma carta minha. Quero pedir-lhe que me conceda terreno neutro para o combate. E também convidá-lo para assistir a ele. Suponho que não terás dificuldade em encontrar no acampamento turco um cavaleiro que se atreva a enfrentar o traidor Montserrat, em defesa da verdade e da própria honra.

O núbio ergueu a cabeça para o Rei, e seu olhar exprimia reconhecimento e alegria. De alegria também eram as lágrimas que lhe rolavam pelas faces.

– Bem – continuou o Rei –, vejo que desejas ser-me agradável. Mais uma vez me felicito por seres mudo. Um criado inglês me aconselharia a escolher, entre os meus cavaleiros, o substituto. Um francês insistiria em saber os motivos que me levam a escolher o meu campeão entre os infiéis. Tu, porém, sendo mudo, levas a carta sem observações. Para ti, ouvir é obedecer.

O núbio inclinou a cabeça. Foi a resposta.

– Agora falemos doutro assunto. Já viste Edith Plantageneta?

O mudo moveu os lábios como se fosse falar.

– Ora vejam, só o nome de uma beleza rara como a da minha prima quase restituiu a fala ao mudo! Quem sabe o brilho de seus lindos olhos fizesse o milagre? Pois vamos experimentar. Vais levar-lhe a mensagem de teu nobre Sultão. Mas aviso-te. Mesmo que se dê o milagre de teres a língua desatada pela influência da linda dama que vais ver, tem cuidado e não a deixes adivinhar a mudança. Nem ouses proferir uma só palavra diante dela. Se tal acontecesse, garanto-te que te mandaria arrancar a língua.

O mudo curvou a cabeça e levou os dedos aos lábios, demonstrando assim a sua obediência. Ricardo pôs-lhe a mão no ombro e, com menos severidade, falou:

– Se fosses cavaleiro e homem livre, exigiríamos a tua palavra como garantia do teu silêncio. Sendo escravo, intimamos-te da maneira como fizemos.

Em seguida, o Rei mandou que Neville o conduzisse ao pavilhão da Rainha. E disse-lhe que comunicasse o seu desejo de que o escravo tivesse uma audiência particular com Edith.

No trajeto, o escravo pensava:

"Fui descoberto, não há dúvida. Mas não vejo qualquer ressentimento dele para comigo. Pelo contrário, até me ajudou a reabilitar minha honra, obrigando o marquês a confessar o crime. Mas essa de me permitir chegar até Edith, não entendo. Sejam, porém, quais forem as suas intenções, o melhor é seguir fielmente as instruções, sem desobediência."

Afinal, chegaram ao pavilhão da Rainha. Neville penetrou na sala onde se encontrava Berengária e comunicou-lhe as ordens do marido.

— Que tal esse escravo núbio enviado do Sultão? – perguntou a Rainha. – Um negro feio, de cabelos como lã de carneiro, lábios grossos, nariz achatado, não é assim?

— Não esqueça Vossa Majestade as pernas tortas... – disse outra dama.

— Neville, gostaríamos de vê-lo. Temos conhecido muitos turcos, mouros, mas um negro, nunca.

— Nasci para obedecer a Vossa Majestade, contanto que vos digneis desculpar-me perante o Rei. Mas consinta que contradiga Vossa Majestade... o negro é muito diferente do que pensa.

— Será ainda mais feio do que calculávamos? Por que será que Saladino o escolheu para seu mensageiro?

— Suplico a Vossa Majestade – interveio *Lady* Calista – consentir em que o mensageiro seja levado até *Lady* Edith. Lembrai-vos de que já sofremos por causa de uma brincadeira semelhante.

— Tens razão, Calista. Vai, Neville, e leva o mudo com o recado à nossa prima Edith... porque o negro é mudo, não é verdade, Neville?

— É, sim, Real Senhora.

– As mulheres do Oriente são muito felizes. Falam à vontade, sem receio de que alguém revele as conversas... Aqui, mal falamos, até os passarinhos repetem o que ouviram.

– Vossa Majestade esquece que fala entre paredes de lona...

A observação de Neville fez com que as damas baixassem a voz.

Pouco depois, o núbio o acompanhava até o pavilhão armado para *Lady* Edith.

O camarista do rei esperou do lado de fora.

Logo Edith apareceu, vestida de negro, com o rosto coberto por um véu. Tinha na mão uma lâmpada de prata que espalhava claridade em volta.

Aproximou a lâmpada de modo que pôde ver bem o perfil do escravo ajoelhado.

Por fim, começou a falar:

– É possível que sejais vós, valoroso cavaleiro do Leopardo? Como pode ser isto? Como vos arriscastes com esse disfarce servil, desprezando os perigos que vos rodeiam?

Kenneth se lembrou da promessa feita a Ricardo e, com grande esforço, dominou-se. Apenas seus olhos mostravam uma grande ternura.

– Reconheci-vos desde o primeiro instante. Reconheci também o vosso cão. Eu estava ao lado da Rainha, na tribuna. Uma dama não seria digna de seu cavaleiro se não o reconhecesse debaixo de qualquer disfarce. Mas, por que não fala? É o medo ou vergonha que vos obrigam a calar? Será que vos privaram da fala?

O cavaleiro pôs o dedo nos lábios e balançou a cabeça.

– Se não estás mudo e não queres falar, também eu passarei a ser muda.

O cavaleiro, aflito, entregou-lhe a carta de Saladino.

Edith recebeu-a com indiferença:

— E nem sequer uma palavra, para vos desempenhardes da vossa missão?

O núbio levou as mãos ao peito, demonstrando o pesar por não poder obedecer-lhe.

Edith, já enraivecida, voltou-lhe as costas.

—Vai-te daqui! Já falei demais com quem nem se digna responder-me.

Kenneth tentou aproximar-se, mas ela o afastou.

— Longe daqui! Sai daqui! Qualquer outro teria dito uma palavra de gratidão por eu ter me rebaixado, vindo a este encontro. O que esperas? Sai daqui!

O escravo olhou para a carta do Sultão. Edith compreendeu. Pegou-a e leu-a.

— Isto vai além do que eu podia imaginar! O Sultão é um mágico poderoso. Transformou um dos melhores cavaleiros cristãos, e dos mais valentes desta Cruzada, em mensageiro de suas insolentes propostas! Vai. Dize a teu amo, quando as artes dele te soltarem a língua, o que me viste fazer.

Dizendo isto, atirou a carta ao chão, pisou-a com raiva e acrescentou:

— É deste modo que Edith Plantageneta trata as propostas de um Rei sem batismo.

Antes que ela saísse, o cavaleiro jogou-se aos seus pés, em grande aflição.

— Não ouviste, escravo? Dize a esse cão infiel, o teu amo, que eu desprezo as suas propostas de casamento e mais ainda por me terem sido entregues por um indigno renegado da cavalaria cristã. Um traidor a Deus e à sua dama.

E saiu, com tamanha fúria que o pedaço do vestido que o escravo prendera, rasgou-se e ficou na mão do negro.

Ao mesmo tempo, apareceu Neville. Kenneth estava exausto pela luta travada entre o compromisso e o amor.

Chegaram diante do pavilhão do Rei. Neville e o negro. Ali acabava de chegar também um grupo de cavaleiros e o Rei conferenciava com os oficiais.

A resposta

As minhas lágrimas jamais secarão porque não choro um namorado ausente. O tempo poderia trazê-lo e reunir-nos de novo. Pior do que a ausência, pior do que a morte a honra perdida é o nome manchado de um guerreiro.

BALADA

Era grande a alegria que reinava no pavilhão de Ricardo. E alegres as exclamações do Rei, que via retornarem seus guerreiros.

— Meu velho Tomas de Vaux! Juro que fico mais satisfeito com a tua volta do que um bebedor diante de uma garrafa de bom vinho. Não podia imaginar que iríamos entrar em combate novamente sem a tua corpulenta figura à frente do meu exército.

— Agradeço a Vossa Majestade o acolhimento. E também porque, havendo luta, o meu Rei sempre é contemplado com a melhor parte. Agora, de outro lado, trouxe comigo alguém que Vossa Majestade gostará de ver.

O homem anunciado era ainda novo, baixinho, de feições delicadas. Vestia roupa simples. Mas tinha no boné uma presilha de ouro com um brilhante de grande valor. No pescoço trazia pendurada uma chave de ouro maciço, própria para afinar harpas.

O homem inclinou-se e ia se ajoelhar diante de Ricardo, quando o rei o abraçou:

— Bem-vindo seja o rei dos poetas. Blondel de Nestle, bem-vindo sejas junto ao Rei de Inglaterra! Conta sobre o que fizeste na Síria. Conta tudo, já.

— Primeiro, seria bom saber quais os soldados de que Vossa Majestade pode dispor. Trago más notícias de Ascalon — disse Tomas de Vaux.

— Melhor. Antes quero ouvir Blondel. Tragam um tamborete e uma harpa e vamos para a sala.

— Mas, Senhor, estou cansado. Não tenho ouvidos para versos, agora.

— Está bem. És teimoso como uma mula. Vai, livra-te da carga e descansa. Não vamos desperdiçar música contigo.

Em seguida, mandou o Conde de Salisbury ao pavilhão da Rainha para convidá-la a vir ouvir as canções de Blondel. E que viesse também a prima Edith.

Nesse momento, lembrou-se do núbio, que já havia cumprido sua missão de mensageiro. Olhou-o com desconfiança.

— Muito bem, já está de volta o nosso mudo. Fica então por aí. Daqui a pouco darás graças a Deus por seres mudo e não surdo.

Afastou-se um pouco e ouviu atentamente tudo o que Tomas de Vaux tinha para lhe contar.

Terminada a narração, fez-lhe Ricardo muitos elogios. Tantos que De Vaux, apesar do cansaço e de não ser lá muito apreciador da música, resolveu esperar a chegada de Berengária e assistir à sessão do poeta-cantor.

Sem muita demora, chegaram as damas. Berengária conhecia a paixão do marido pela música e pela poesia. Igualava à sua predileção pela guerra. Sabia também que Blondel era o favorito do Rei. Por isso, pôs o maior agrado na forma como o acolheu. Blondel agradeceu os cumprimentos da bela Rainha, com humildade e gratidão. Mostrou-se, porém, mais sensibilizado com os elogios de Edith, que lhe pareceram mais sinceros.

Tanto a Rainha como o marido notaram a preferência e Ricardo, percebendo que a mulher ficara ressentida, como ele próprio, disse em voz alta, para Edith ouvir:

— Nós, os menestréis, como se pode ver pelo procedimento de Blondel, respeitamos mais a crítica severa, como a de nossa prima, do que a do amigo, que crê no nosso merecimento, sem provas.

Edith, entendendo, respondeu sem hesitar:

— Não sou eu a única severa na família Plantageneta...

Nesse momento, seus olhos encontraram o núbio que tudo fizera para se manter oculto. A comoção foi tão forte que ela se deixou cair num tamborete meio desfalecida.

Depois de socorrida, Ricardo deu ordens a Blondel para tocar. Seria um bom meio de acalmar a jovem.

O menestrel afinou a harpa e esperou que Edith se recuperasse. Só então começou a recitar, acompanhando-se, uma aventura de amor e de cavalaria.

Um murmúrio de aplausos marcou o final da história. Ricardo deu-lhe um anel de grande valor, a Rainha o imitou, dando-lhe um riquíssimo bracelete, e quase todos os presentes seguiram-lhes o exemplo.

Por fim, a soberana preparou-se para regressar ao seu pavimento. À porta, os serviçais esperavam com os archotes acesos.

Ricardo, que a acompanhara, colocou-se ao lado de Edith e perguntou baixo:

— Que resposta hei de dar ao Sultão? Por meio de um tratado conseguirei as vantagens que não posso alcançar pelas armas. Mas isso depende do capricho de uma mulher que não reconhece o que é vantajoso. Agora impõe-se que tomes uma decisão. Qual a tua resposta?

— Podeis mandar dizer a Saladino que é mais fácil uma Plantageneta casar-se com um pobre do que com um infiel.

— Ou com um escravo, queres dizer...

— A suspeita não tem fundamento, primo. Pode-se sentir compaixão por um escravo. Mas a escravidão dos sentimentos só inspira desprezo. A vergonha recai sobre vós, Rei de Inglaterra. Escravizaste o corpo e o espírito de um cavaleiro tão valente como vós.

— Não pretendo modificar a tua decisão. Queria te dar a oportunidade de trazer ao seio da Igreja os filhos de Ismael. O eremita de Engaddi, a quem o Papa e os concílios consideram um profeta, leu nos astros que o teu casamento me reconciliaria com poderoso inimigo e que teu marido seria cristão. Desta forma, há esperança de converter Saladino. Tudo isso, parece-me, vale um sacrifício teu...

— Os homens costumam sacrificar aos deuses carneiros e ovelhas, mas nunca a honra e a consciência.

— Chamas desonra ser imperatriz?

— Chamo desonra profanar um sacramento cristão para me unir a um infiel...Vossa Majestade herdou todo os bens, soberania e dignidade da casa Plantageneta. Portanto, espero que deixe à sua humilde parenta a parcela de orgulho que possui...

— Calaste-me com esta resposta. Dá-me um abraço e fiquemos amigos. Vou mandar tua resposta a Saladino, quanto antes. Mas talvez fosse bom que tu o visses primeiro. Dizem que é um belo homem.

— Não vejo modo de nos conhecermos.

— Saladino nos concedeu o terreno para o combate e virá assistir a ele. Tu e as demais damas poderão vê-lo. Agora, separemo-nos sem ressentimentos.

Beijou-a com afeto e voltou para o pavilhão, repetindo alguns versos da canção de Blondel.

Quando chegou, escreveu a Saladino. Entregou a carta ao núbio, ordenando-lhe que voltasse de madrugada para o acampamento do Sultão.

Preparativos para o combate

Ouvimos o *tchir* – é assim que os árabes designam o seu grito de batalha, quando, no meio de ruidosas aclamações, imploram ao Céu que lhes conceda a vitória.
ASSÉDIO DE DAMASCO

Na manhã seguinte, Felipe de França convidou Ricardo para uma conferência. Então, comunicou-lhe a resolução que tomara de voltar à Europa. Precisava dar à França os cuidados que o reino reclamava. E também porque já não esperava nenhum bom resultado da luta na Palestina, em vista das discórdias entre os cristãos.

Ricardo ainda tentou convencê-lo a ficar. Mas a decisão fora tomada.

Mal terminou o encontro, recebeu um manifesto do Arquiduque da Áustria e de vários outros príncipes, com a mesma declaração. Voltaram para suas pátrias, mas acrescentavam que o motivo era o despotismo e a ambição do Rei de Inglaterra.

Estavam perdidas as esperanças de terminar a guerra com bom resultado. E Ricardo culpava-se. Devia-se o fracasso ao seu gênio impetuoso.

Comentou com De Vaux, lamentando-se:

– Não teriam abandonado desta forma o meu pai. Eu fui tão louco que lhes dei o pretexto para desertarem.

Minhas fraquezas são a causa principal da dissolução da liga.

Foi, então, com a maior alegria que De Vaux viu chegar o embaixador de Saladino.

Contentíssimo por saber que o Sultão, além de ceder-lhes o campo para o combate, oferecia passaporte a quantos quisessem assistir a ele e garantia-lhes absoluta segurança. Ricardo esqueceu o fracasso de suas esperanças e a dissolução da liga. Sua atenção se voltou inteira para os preparativos do combate.

O local escolhido foi o *Diamante do Deserto*, que ficava entre os dois acampamentos.

O réu, Conrado de Montserrat, iria para lá, na véspera, com os seus padrinhos, o Arquiduque da Áustria e o Grão-Mestre dos Templários e uma guarda de cem homens armados. Também Ricardo e seu irmão, os acusadores, levariam uma guarda de cem homens. Os outros cavaleiros que pretendessem assistir ao encontro não levariam mais do que a espada.

O Sultão encarregava-se de preparar a liça, tribunas e refrescos para quem estivesse presente àquele ato solene.

Na carta que enviou a Ricardo dizia o Sultão que era grande o prazer de encontrar-se com ele e de o receber como amigo.

Depois de tomar todas as providências para o combate, Ricardo ocupou-se em receber o embaixador de Saladino, em audiência particular, ouvindo a poesia e a música de Blondel. Também o árabe cantou e bebeu vinho, confraternizando. Era muito sociável, gostava de ouvir histórias e era bom político. Muitas vezes Saladino recorria a ele para tratados e entendimentos com príncipes cristãos.

No dia seguinte, partiu para dar conta de sua missão a Saladino.

Ao romper do dia, partia também Conrado de Montserrat acompanhado dos padrinhos.

Na mesma hora, saía Ricardo, mas por outro caminho. Ia bem-disposto. Nada o interessava tanto como presenciar um sangrento combate em liça fechada. Só lamentava que alguém fosse substituí-lo nessa luta.

Estava armado ligeiramente, mas ricamente vestido. Caminhava ao lado da liteira da Rainha, distraindo-a com poesia, canções e comentários sobre a viagem.

O caminho não era o mesmo que a Rainha tomara quando da sua peregrinação a Engaddi. Desconhecia-lhe a segurança. Por estar próxima ao acampamento de Saladino, temia ser raptada. O Rei tranquilizou-a, dizendo que seria ingratidão duvidar de Saladino.

Apesar disso, até a sensata Edith experimentou esse receio.

O medo aumentou quando, ao cair da noite, descobriram um cavaleiro árabe de vigia no alto de uma colina. Ao avistar a comitiva, o sentinela partiu como uma seta e desapareceu no horizonte.

– Devemos estar perto – comentou Ricardo.

Deu, então, ordens para que os soldados protegessem a liteira das damas.

Continuaram a viagem. Não demorou muito e um estranho espetáculo lhes apareceu. Não só o Rei mas toda a comitiva parou alarmada.

Saladino

Este é um Rei

O *Diamante do Deserto*, que dias antes não passava de fonte solitária, perdida no areal, fora transformado em vistoso acampamento, onde tremulavam vistosas bandeiras. As coberturas dos pavilhões eram de cores vivas e as colunas rematadas por maçanetas de ouro. Além desses pavilhões, via-se enorme número de barracas simples, bastante para abrigar um exército de cinco mil homens, conforme a opinião de *Lord* de Vaux. Uma multidão de árabes e curdos reunia-se à saída do acampamento, formando ao som de estrondosa música militar.

A um grito agudo os cavaleiros, como se fossem um só homem, pularam para os cavalos. Uma nuvem de poeira cobriu Ricardo, o acampamento, a comitiva e as almeiras.

Novo grito e a cavalaria cercou a coluna de Ricardo. Em meio à nuvem de poeira apareciam e desapareciam os rostos bravios dos sarracenos, brandindo lanças e soltando gritos selvagens.

Chegaram até perto dos cristãos e faziam alto. Ao mesmo tempo, despejavam sobre eles uma chuva de setas.

Uma delas atingiu a liteira da Rainha, que soltou um grito. Ricardo encheu-se de indignação:

– Por São Jorge! Esses aí têm que tomar uma lição! Canalhas!

Edith, porém, que seguia perto, pôs a cabeça de fora e, agarrando uma das setas, gritou:

– Por favor, Senhor, repara: as setas não têm pontas!

Ricardo, então, viu. De fato Edith observara bem. Setas e lanças não tinham pontas. O acolhimento fazia parte dos hábitos sarracenos. "Melhor não demonstrarmos susto", pensou Ricardo, ordenando:

– Marchai devagar e com firmeza! Eles ficarão alegres se souberem que estamos assustados ou desconfiados.

E a pequena coluna continuou a marcha. Agora, seguia escoltada pelos árabes, que soltavam gritos agudos. Ao mesmo tempo os arqueiros demonstravam suas habilidades, lançando setas que cruzavam por cima da cabeça dos cristãos. Muito depressa pulavam para o chão e, com a mesma rapidez e agilidade, voltavam para a sela. Não restava dúvida: era uma demonstração de boas-vindas. Mas não deixava de ser assustador.

Perto do acampamento, novo grito e toda a tropa que rodeava Ricardo fez uma evolução e passou para trás da comitiva.

Assim que a poeira se abateu, o Rei viu outro corpo de cavalaria. Os soldados eram jovens na flor da idade e vestiam-se luxuosamente. Fardas, arreios e todo o equipamento em prata, ouro, palmas, sedas finas e pedras preciosas.

A coluna marchava ao som de música marcial. Ao chegar bem perto à frente do corpo cristão, abriu fileiras para dar passagem a Ricardo, ao encontro de quem vinha Saladino.

Também o Sultão estava cercado por uma guarda especial e tudo se sobressaía demais pela riqueza e suntuosidade dos trajes e das equipagens.

O aspecto e a fisionomia do Sultão irradiavam tal majestade que era como se lhe tivessem escrito na fronte: *Este é um Rei.*

De turbante branco como a neve, túnica muito comprida e calças à moda oriental – tudo imaculadamente branco – sem qualquer enfeite, poder-se-ia considerar o homem mais malvestido da comitiva.

Apenas, examinando-se, com muita atenção, poder-se-ia ver fulgurando no turbante uma pedra preciosa chamada pelos poetas *mar de luz*. No dedo, o diamante que usava valia tanto quanto todas as joias da coroa de Inglaterra. E no punho do alfanje uma safira de alto valor. Tudo, porém, discretamente colocado.

Não foi preciso haver apresentação. A tropa fez alto. A música parou.

Os dois monarcas saltaram dos cavalos e se cumprimentaram como irmãos: abraçaram-se e beijaram-se.

O Sultão falou em primeiro lugar:

– A vinda do grande Ricardo era tão esperada como a água do deserto. Só espero que não fique desconfiado com a numerosa comitiva que trago. São pessoas das mil tribos que governo. Todos queriam ver um príncipe como Ricardo e assistir ao nosso encontro.

– Não há motivo para desconfianças. Embora em grande número, suas lanças não têm pontas de ferro. Também comigo não trago outras armas, senão os lindos olhos de nossas damas.

O Sultão voltou-se para as liteiras e cumprimentou, com solenidade, quase adoração. Em seguida, ajoelhou-se e beijou a areia do deserto, em sinal de respeito.

— Não quer vê-las, irmão?

— Alá me defenda! Não haveria aqui um só árabe que não considerasse indigno para as damas mostrarem-se com o rosto descoberto.

— Poderás vê-las em particular.

— Para quê, irmão?... — respondeu o Sultão, com tristeza. — A sua última carta foi como água no fogo das minhas esperanças. Vamos ao pavilhão que lhe mandei preparar. O meu mordomo receberá as princesas. E os meus oficiais se encarregarão da vossa comitiva.

Acompanhou, então, Ricardo a um soberbo pavilhão, preparado com luxo digno de um Rei oriental.

De Vaux tirou o manto comprido e o Rei apareceu em toda a harmonia das suas formas quase atléticas. O seu físico contrastava com a figura delicada de Saladino.

O Sultão examinou-lhe a pesada espada:

— Se não tivesse visto esta lâmina semeando a morte nos campos de batalha, nunca acreditaria que pudesse ser manejada por um ser humano. Gostaria de ver a sua força, desferindo um golpe com essa arma.

— Com todo o gosto, nobre Saladino — concordou Ricardo.

Mandou colocar uma barra de ferro, com uma polegada e meia de diâmetro, em cima de um cepo.

Ergueu a espada com as mãos e deixou-a cair com estrondo.

A barra fez-se em duas, como se fosse uma acha de lenha.

— Espantoso golpe, pela cabeça do Profeta! — exclamou o Sultão, examinando a barra.

Depois, pegou na mão de Ricardo e não pôde deixar de sorrir, pondo-a ao lado da sua, delicada e magra.

— Isso! Examina bem — disse De Vaux, em inglês. — Muito tempo vai passar antes que possas fazer coisa igual com esses dedos de macacos e com a foice dourada que trazes ao lado.

— Silêncio, De Vaux! Ele entendeu ou adivinhou o que dizes. Não sejas mal-educado!

Logo, Saladino falou:

— Gostaria de exibir minhas habilidades. Creio que o fraco não deve se mostrar diante do forte. Mas cada país tem seus exercícios próprios. Pergunto a Ricardo se a sua espada cortaria esta almofada.

— Certamente, não. Espada alguma no mundo poderia cortar um corpo que não oferece resistência.

— Então, vê.

Levantando a manga da túnica, pôs a descoberto o braço magro, mas resistente. Desembainhou a cimitarra, deu um salto e passou-a através da almofada, separando-a em duas partes.

— Isto é coisa de circo — comentou De Vaux, examinando a almofada para ter certeza do fato. — Aqui há esperteza.

O Sultão deu a entender que percebera, pois tirou o véu finíssimo que trazia preso ao turbante, dobrou-o e colocou sobre o fio da arma. O véu, apesar de solto, foi cortado em dois pedaços iguais que voaram cada um para seu lado. Provadas estavam a excelente têmpera da arma e a habilidade de quem a utilizava.

Ricardo elogiou-o com entusiasmo, mas disse que preferia o golpe à inglesa. E comentou:

— Assim conseguimos pela força o que não podemos alcançar pela destreza. Tens a mesma habilidade para ferir que o meu sábio Hakim para curar. E onde está ele? Desejava vê-lo, agradecer-lhe mais uma vez e oferecer-lhe uns pequenos presentes.

Mal acabou de falar, Saladino tirou o turbante e pôs na cabeça um barrete tártaro. Ao vê-lo, De Vaux abriu muito os olhos e a enorme boca. E o espanto de Ricardo não foi menor. E aumentou mais quando ouviu o Sultão dizer, com a voz mudada:

– O enfermo conhece o médico pelo andar, mas, depois de curado, nem pela cara, por muito que olhe para ele.

– É verdade! O meu sábio Hakim evaporou-se e parece-me transformado na pessoa do meu real irmão Saladino.

– Isto quer dizer que nem sempre a pessoa é o que parece ser. O hábito não faz o monge, como dizem vocês, ou "a túnica rasgada nem sempre faz o dervixe", como dizemos nós, aqui no Oriente.

– Então, foste tu quem livrou o cavaleiro do Leopardo da morte e foi por obra tua que ele voltou ao acampamento disfarçado?

– Exatamente. Eu seria um mau médico se não entendesse que, se a sua honra ferida não fosse curada, poucos dias teria de vida. Não esperava, porém, que o disfarce fosse descoberto.

– Foi uma casualidade que me fez descobrir que a cor da sua pele era artificial – explicou Ricardo, referindo-se à vez em que aplicou a boca na ferida do suposto núbio, para livrá-lo de um veneno. – E, uma vez desconfiado, foi fácil concluir de quem se tratava. O seu rosto, os seus modos não são desses que se possam esquecer com facilidade. Espero vê-lo bater-se amanhã.

– E vai lutar com toda a fé. Está entregue aos preparativos. Dei-lhe armas e cavalo. Tenho a maior consideração para com ele.

– E ele sabe que deve tudo isto ao grande Saladino?

– Fui obrigado a dar-me a conhecer, quando lhe comuniquei a minha resolução.

– Fez-te alguma confidência?

– Abertamente, não. Parece-me que o seu amor voou muito alto para poder esperar um resultado feliz.

– Sabias que essa paixão atrevida era contrária aos teus projetos?

– Sabia. Mas essa paixão era anterior a eles. E se essa nobre dama o prefere a mim, quem pode negar que ela faz justiça ao valoroso cavaleiro?

– Sim, mas de nascimento muito baixo para poder aparentar-se com os Plantagenetas – acrescentou Ricardo, com orgulho.

– São preconceitos, amigo. Aqui, costumamos dizer que um condutor de camelo, sendo valente, é digno de beijar uma princesa. Enquanto um príncipe covarde não é digno nem de pegar-lhe o manto. Agora, irmão, se me dás licença, devo ausentar-me. Vou receber o Arquiduque da Áustria e o cavaleiro nazareno. Ainda que sejam pouco dignos da minha hospitalidade, serão tratados conforme a nobreza de seus títulos.

O Sultão saiu, dizendo que a Rainha e as suas damas estavam instaladas perto dali.

Em seguida, foi receber o Marquês de Montserrat, a quem destinou, ainda que de má vontade, um magnífico pavilhão.

Os hóspedes no acampamento do Sultão

Não digas que a comida dada a estrangeiros é perdida porque, uma vez que o seu corpo adquira forças, crescem a gratidão e o zelo pelo teu nome.

LOCKMAN

No alojamento dos seus reais hóspedes tinha Saladino mandado preparar refrescos. Alguns escravos gregos trouxeram vinho, apesar de ser bebida condenada pelos seguidores do Profeta.

Ricardo acabava de comer quando entrou no pavilhão o velho Abdalá, trazendo o programa das festas do dia seguinte. O Rei conhecia o fraco do seu velho amigo e convidou-o a beber um copo de vinho. O emir, porém, recusou, dando a entender que seria perigoso aceitar, naquelas circunstâncias. Saladino era tolerante com muitas coisas, mas não admitia que se desrespeitasse a lei do Profeta.

"Se não gosta de vinho" – pensou Ricardo – "não é preciso nem pensar em sua conversão ao cristianismo. A profecia do louco eremita de Engaddi não tem o menor valor."

Abdalá esperou que Ricardo combinasse as condições do combate, já escritas e assinadas por Saladino, como juiz do encontro.

Quando Abdalá saiu, entrou De Vaux.

– O cavaleiro que se propõe combater amanhã deseja saber se lhe é permitido cumprimentar o seu real padrinho.

– Conheceste-lhe a voz, Tomas?

– Por Deus! As mudanças são tantas, por aqui, que fico tonto! Não teria reconhecido Kenneth e o cão, se este, que passou algum tempo comigo, não viesse fazer-me festas. E mesmo assim só o conhecia pela largura do peito e o modo de ladrar. Quanto ao resto, está todo pintado.

– E o cavaleiro está bem armado e bem montado?

– Muito bem. A armadura é aquela que o veneziano quis vender a Vossa Majestade por muito dinheiro.

– E que deve ter vendido por muito mais ao Sultão. Esses comerciantes seriam capazes de vender o Santo Sepulcro...

– Pelo amor de Deus, Majestade. Não vamos procurar briga com aquela República anfíbia – pediu De Vaux. – Já estamos muito encrencados, abandonados por todos os nossos aliados, só porque um se sentiu ofendido.

– Descansa. Serei cuidadoso. Dize-me, agora, o cavaleiro tem confessor?

– Tem o eremita de Engaddi, que veio assim que soube do combate.

– Muito bem. Pode dizer ao cavaleiro que Ricardo o receberá quando, cumprido o seu dever no *Diamante do Deserto*, tenha se livrado da falta cometida no Monte de São Jorge. Ao atravessares o acampamento, avisa a Rainha que penso visitá-la no seu pavilhão e pede a Blondel que vá até lá.

Depois de uma hora Ricardo saiu. Ia embrulhado numa capa e levava a cítara. Encaminhou-se para o pavilhão de

Berengária. Durante o trajeto cruzou com muitos árabes, que, por delicadeza, fingiam não conhecê-lo, uma vez que estava querendo permanecer incógnito.

A tenda da Rainha estava guardada por africanos, desses que protegem os haréns.

Blondel esperava do lado de fora, pois, sozinho, não lhe era permitida a entrada.

Ricardo chegou e o levou para dentro. Os negros abaixaram a cabeça e as lanças porque sabiam que aquele era o Rei!

Lá já estava De Vaux, que se encontrava de serviço. Enquanto a Rainha conversava com Blondel, Ricardo procurou falar com Edith.

– Ainda somos inimigos, priminha?

– Não, meu senhor – respondeu ela. – Ninguém pode zangar-se com Ricardo, quando ele se mostra como é: nobre, generoso e de bom caráter.

– Saiba que, apesar de ter sido rigoroso ao julgar o cavaleiro, acho que ele precisa da lição. Mas me alegro por lhe oferecer, amanhã, a possibilidade de vencer, lavando no sangue do traidor a mancha que, por algum tempo, o desonrou. O futuro poderá acusar Ricardo de impulsivo, mas terá de concordar que, como juiz, foi sempre justo e misericordioso.

– Não vos elogieis a vós mesmo, primo. O futuro pode chamar essa misericórdia de capricho e à vossa justiça de crueldade...

– Não fales com tanta segurança. O cavaleiro ainda não voltou vitorioso da arena. Conrado é bom na lança. Suponhamos que o escocês seja vencido.

– É impossível. Vi com os meus próprios olhos Conrado tremer. É culpado e o combate está entregue ao Tribunal Divino. Nem eu teria medo de ser sua adversária.

– Acredito e estou certo de que havias de vencer, porque és uma legítima Plantageneta.

Fez uma pausa e continuou:

– E agora não esqueças o que deves ao teu nascimento.

– Que significa esse conselho tão sério? Já me esqueci alguma vez do meu nascimento e posição?

– Vou falar-te claro, Edith. Como acolherás o cavaleiro, se ele sair vitorioso do combate?

– Como um cavaleiro digno e honrado que merecia as graças da própria Berengária se, por acaso, a tivesse escolhido para sua dama. O cavaleiro mais humilde pode oferecer sua devoção a uma imperatriz, mas a sua recompensa será apenas essa escolha. Nada mais.

– No entanto, ele serviu-te com fervor e sofreu muito por tua causa...

– Paguei-lhe os serviços com aplausos e os sofrimentos com lágrimas. Se desejava mais, devia ter amado alguém do seu nível.

– Todas dizem o mesmo. Mas quando o namorado insiste, cedem e afirmam que obedeceram à sua estrela.

– Podeis estar certo que, apesar da influência dos astros, não me casarei com um infiel ou um aventureiro. Agora, com licença, vou ouvir a música de Blondel, que, aos meus ouvidos, é mais agradável que vossa conversa.

E o resto da noite passou-se sem qualquer acontecimento digno de nota.

Caem os disfarces

Ouviste o choque dos combatentes, lança contra lança, cavalo contra cavalo?

GRAY

Por causa da ardência do clima, o combate foi marcado para uma hora depois de nascer o sol.

O cavaleiro do Leopardo dera instruções para a construção da praça, bem localizada, de maneira a dar aos dois combatentes igual vantagem em face do sol. A tribuna de Saladino ficava ao centro, rodeada pela guarda georgiana. Em frente, viam-se tribunas pequenas, gradeadas, de modo que as senhoras pudessem ver sem que fossem vistas.

Os padrinhos ficariam a cavalo, durante o combate. A liça, construída de norte para sul, tinha uma das extremidades reservadas aos da comitiva de Ricardo e a outra aos de Conrado. O resto do campo foi destinado aos espectadores, tanto sarracenos como cristãos.

Antes de romper o dia já a praça estava cercada de muçulmanos e, quando nasceu o sol, foi o próprio Sultão quem chamou o povo à oração. Todos se puseram de rosto voltado para Meca.

A hora avançava e já milhares de lanças brilhavam ao sol. Logo soaram os tambores e os sarracenos saltaram dos cavalos, prostrando-se de cara no chão. A Rainha se aproximava para tomar lugar na tribuna.

Vinha escoltada por cinquenta homens de Saladino de espada desembainhada e com ordens para matar quem levantasse a cabeça e olhasse as damas.

Quando a música cessou, indicando que as senhoras já estavam abrigadas, eles se levantaram.

Este respeito todo para com o belo sexo não agradou nada a Berengária, que teve de se contentar em ver sem o prazer de ser vista.

Conforme o costume, os padrinhos foram ver se os combatentes estavam bem armados e prontos para o combate. Assim, o grão-mestre dirigiu-se, mais cedo, para o pavilhão de Conrado. Lá, teve a surpresa de ver a sua passagem impedida pela guarda.

– Não me conhecem, patifes? – gritou para os criados.

– Conhecemos, reverendo senhor. Mas não podemos deixar-vos entrar porque o senhor marquês está a confessar-se.

– A confessar-se? A quem?

– Meu amo ordenou-me que guardasse segredo – falou o escudeiro.

A estas palavras, o grão-mestre empurrou-o e entrou na barraca.

De fato, o marquês estava de joelhos aos pés do eremita de Engaddi e começava a confessar-se.

– Que é isto, marquês? Se desejais confessar-vos, aqui estou eu.

– Já me confessei a vós. Pelo amor de Deus, ide daqui e deixai-me aliviar a consciência com este santo homem.

– É ele mais santo do que eu? Vamos, eremita, profeta, louco ou o que sejas... responde, em que és tu mais santo?

– Homem atrevido e mau! Eu recebo a luz divina e transmito-a aos outros, sem me aproveitar dela. Tu, porém, és como a grade de ferro, nem a recebes, nem a transmites. Pelo contrário, tu a impedes.

Depois disto, o Templário exigiu do marquês que se levantasse e expulsou o eremita. Convidou, então, o marquês a que se confessasse com ele, que, aliás, já sabia todos os seus pecados de cor.

– Antes quero morrer sem confissão do que desrespeitar esse sacramento, confessando-me a ti – respondeu o outro.

– Não fales em morrer porque, daqui a pouco, sairás vitorioso da luta.

– Não agora, depois que surgiu aquele maldito cão. Tudo me assusta. Já estou até vendo o cavaleiro escocês aparecer na arena, como um fantasma.

– Tolices! Vamos, escudeiros e homens de armas, preparai vosso amo para o combate!

Os criados obedeceram.

– Que tal está a manhã? – perguntou Conrado.

– O sol nasceu turvo.

– Vês? Nada está propício neste dia.

– Melhor, porque à sombra podes combater mais à vontade.

Os gracejos do Templário não melhoraram a tristeza do marquês. Muito ao contrário, o próprio grão-mestre foi ficando preocupado e triste. Pensava: "No caso de Conrado perder a luta, melhor seria que o escocês o matasse de um golpe. Assim não teria tempo de confessar-se..."

Os pecados do outro estavam muito ligados aos seus interesses. Eram pecados dos dois.

* * *

Chegou finalmente a hora marcada. As trombetas deram o sinal. Os cavaleiros entraram, de viseiras erguidas, armados e montados. Deram três vezes a volta à praça.

Abaixo da tribuna da Rainha estava armado o altar.

Os dois cavaleiros, acompanhados pelos respectivos padrinhos, foram até lá. Prestaram o compromisso e pediram a Deus que a verdade fosse restabelecida.

Kenneth fez o juramento em voz clara e firme. Olhou para a galeria, cumprimentou e, apesar do peso das armas, deu um salto e montou sem pôr o pé no estribo.

A voz de Conrado, ao prestar o juramento, era rouca e baixa. Os lábios estavam brancos. O Templário ameaçou-o em voz baixa:

– Não sejas covarde. Juro-te que, se não fizeres um bom combate, não escaparás de minhas mãos.

A ameaça só serviu para aumentar-lhe o nervosismo. Assim, ao montar, escorregou. A muito custo, conseguiu equilibrar-se. Mas isto não passou despercebido pela assistência inteira. E todos julgaram o fato como um mau prenúncio para o marquês.

Em seguida, o arauto proclamou:

– O leal cavaleiro, *Sir* Kenneth da Escócia, campeão do Rei Ricardo de Inglaterra, acusa Conrado de Montserrat de traição e desonra, praticada contra o dito Rei!

Os aplausos soaram entre a comitiva de Ricardo, quando se soube quem era o defensor do Rei.

Foi preciso pedir silêncio várias vezes e, no meio do vozerio, ninguém pôde ouvir a resposta do acusado. Claro que protestou sua inocência. E ofereceu o seu corpo para o combate.

Os escudeiros dos combatentes aproximaram-se. Entregaram-lhe a lança e o escudo, auxiliando-os na colocação.

Desceram as viseiras. Puseram as lanças em riste. Os padrinhos se afastaram para as extremidades do campo. Os dois cavaleiros ficaram um diante do outro, como dois monstros de aço.

A respiração dos espectadores estava suspensa. Havia ansiedade em todos os rostos.

Então, Saladino deu o sinal.

Soaram mais de cem trombetas.

Os cavaleiros meteram os cavalos a galope e avançaram um para o outro.

No meio da arena, chocaram-se. Foi como um trovão. Conrado atacara o escocês com tamanha fúria que sua lança se despedaçou no escudo de Kenneth. O cavalo deste recuou e caiu sobre as patas traseiras mas Kenneth, com mão firme, obrigou-o a levantar-se.

O marquês estava perdido. A lança do cavaleiro penetrou pela cota de malha e feriu-o no peito, derrubando-o e lá ficando cravada.

Os padrinhos e o próprio Saladino correram para ele. Kenneth, ignorando que o adversário estivesse fora de combate, exigia que confessasse o crime.

Quando Conrado se viu livre das presilhas e do elmo, olhou para o alto e exclamou:

– Que mais exiges de mim?! Deus decidiu o que era justo. Confesso que sou culpado. Mas há outro, entre nós, que é mais culpado do que eu. Agora, preciso de um confessor.

Ricardo pediu a Saladino:

– O talismã, o teu milagroso remédio, meu irmão!

– Esse traidor merecia a forca e não aproveitar-se dos benefícios do divino remédio. A sua vida já está condenada. Posso curar-lhe a ferida, mas ele já tem sobre a fonte a marca da morte.

– Mesmo assim, suplico-te que faças o impossível para lhe prolongar a vida. Pelo menos para que tenha tempo de se confessar. Que sua alma não morra com o corpo.

– Os teus desejos serão satisfeitos, Ricardo. Escravos, levai o ferido para o pavilhão.

– Ninguém se atreva a fazê-lo – protestou o Templário.

– Nem eu nem o arquiduque consentiremos que ele seja tratado por um sarraceno.

– Recusais então o único meio que resta para salvá-lo? – observou Ricardo.

– Não – respondeu o grão-mestre, percebendo o seu erro. – Mas creio que pode ser tratado na minha barraca.

Ricardo pediu a Saladino que levasse o marquês para onde os padrinhos queriam. Que o fizesse por ele, pela amizade que os unia.

E imediatamente voltou-se para o assunto que mais o agradava. Cuidar da vitória e celebrar o campeão.

– Ingleses, honrai o campeão do vosso Rei!

"E tu, cavaleiro do Leopardo, quiseste provar-nos que um núbio pode mudar de cor e o Leopardo perder as manchas. Tenho ainda uma revelação a fazer, mas só a farei na presença das damas. São elas os melhores juízes para as façanhas dos cavaleiros. Tu, nobre Saladino, acompanha-me. A Rainha deseja agradecer-te."

Saladino recusou mais uma vez.

– Vou ver o ferido. O médico não deve desamparar o doente. Depois, não devemos pisar em cinzas ainda quentes. Não se deve também olhar para trás, para o tesouro que sabemos estar perdido.

Em seguida, convidou a todos para uma refeição na barraca do chefe curdo.

– Escutem! – exclamou Ricardo. – Anunciam que a Rainha vai sair da tribuna. Vamos levar o vencedor, em triunfo, ao seu pavilhão.

Sir Kenneth, acompanhado pelos padrinhos, Ricardo e o irmão, ajoelhou-se aos pés da Rainha. Ricardo ordenou a Berengária que lhe tirasse as armas e a Edith, o elmo.

– Quero que o faças por tuas mãos – disse ele a Edith – embora sejas a mais orgulhosa das Plantagenetas e ele o mais humilde dos cavaleiros.

Ambas obedeceram.

– Ora, vejam... Quem julgais que se oculta debaixo desse elmo? – perguntou Ricardo logo que viu surgir o rosto de Kenneth. – Parece-se com um núbio ou tem cara de aventureiro? Juro pela minha espada que os disfarces vão terminar. Ajoelhou-se a vossos pés o cavaleiro obscuro, sem outra fortuna mais do que o seu valor. Agora, levanta-se sendo realmente o que é: David, Conde de Huntingdon, Príncipe Real da Escócia.

Uma exclamação geral acolheu a revelação. Edith deixou cair o elmo que conservava na mão.

– Sim, meus senhores. Ninguém ignora que a Escócia faltou-nos com a promessa de nos auxiliar na conquista da Palestina. E este jovem príncipe julgou desonroso conservar-se de braços cruzados. Veio, então, reunir-se a nós, com um grupo de nobres e amigos. Infelizmente, morreram todos os que conheciam a história do príncipe escocês, menos o seu velho escudeiro. Este segredo foi tão bem guardado que eu ia sacrificando um dos melhores representantes da cavalaria, pensando tratar-se de um aventureiro.

— E por que ele próprio não se deu a conhecer, quando foi condenado injustamente? — perguntou Edith, interessada.

— Talvez o valente Huntingdon não me tivesse revelado a sua identidade, no momento em que minha cólera pôs sua vida em perigo, por supor que Ricardo fosse capaz de abusar da vantagem de ter, em seu poder, o herdeiro de um Rei que era seu inimigo.

— Nunca vos fiz essa injustiça, Rei Ricardo — afirmou Kenneth. — O que houve foi que o meu orgulho não me permitiu dar-me a conhecer, como príncipe da Escócia, só para salvar a minha vida. E isto depois de estar condenado à morte por ter faltado ao meu dever. Além disso, eu jurara conservar-me incógnito até o fim da Cruzada. E assim o fiz. Não falei senão na hora extrema, ao confessar-me ao santo eremita.

— E foi por isso que o santo homem insistiu comigo para que o perdoasse.

— E como conseguistes descobrir o segredo? — perguntou Berengária.

— Recebi cartas de Inglaterra. Contavam-me que o Rei da Escócia aprisionara três nobres ingleses e que iam ficar como reféns pela segurança do príncipe herdeiro, que combatia debaixo de minhas ordens. Isto bastou para desconfiar da identidade do cavaleiro do Leopardo. Depois De Vaux confirmou a minha suspeita. Trouxe consigo, de Ascalon, o criado do conde. O homem preferiu contar a De Vaux um segredo que eu deveria ser o primeiro a saber.

— Ele me julgava mais capaz de entendê-lo do que o duro Plantageneta...

— Isso agora já não importa. Edith, dá-me tua mão... Príncipe da Escócia, dá-me a tua.

— Devagar, meu senhor — falou Edith, para ocultar sua confusão. — Não vos lembreis de que a minha mão está destinada a converter Saladino e todo o seu exército de pagãos?

— Não zombes — interrompeu o eremita. — O exército celeste só escreve verdades no seu misterioso livro. Mas o olhar humano é fraco para as descobrir. Quando Saladino e Kenneth se hospedaram comigo, eu li nos astros que um deles era um príncipe inimigo de Ricardo. E que a um deles o destino de Edith estava ligado. E que o futuro marido de Edith seria cristão. Daí supor que esse príncipe seria Saladino — que eu já conhecia e não o outro. Este engano foi bom para mim. Daqui em diante serei mais humilde. Deus não quer que desvendemos os mistérios que nos oculta. Quer que aguardemos o nosso destino, confiantes. Eu vivia desesperado, fazendo-me de profeta. Era orgulhoso do meu conhecimento. Achava-me digno de repreender e aconselhar príncipes, julgando-me dotado de poder sobrenatural. Agora, vou-me embora mais humilde. Consciente de minha ignorância.

Depois disso, o eremita saiu. Dizem que seus momentos de loucura tornaram-se mais raros. E a sua penitência mais suave, animada pela esperança da salvação.

Depois disso, muita alegria reinou no pavilhão real, onde *Sir* Kenneth deixou de ser o cavaleiro do Leopardo e voltou a ser o príncipe herdeiro da coroa escocesa. O núbio deixou de ser escravo porque passara a reinar no coração de Edith. E deixara de ser mudo porque encontrara as palavras para confessar-lhe que a amava.

Conclusão

*Como presente de noivado, o Sultão enviou-lhes
o precioso talismã...*

Ia dar meio-dia, Saladino aguardava os seus convidados no imenso pavilhão do chefe curdo, para um magnífico banquete: o que havia de melhor na cozinha oriental fora cuidadosamente preparado.

Os convidados sentar-se-iam em almofadas de seda em volta de riquíssimo tapete. Seriam servidos em jarros e taças de ouro e prata. A bebida, o *sherbet*, toda gelada com neve das montanhas do Líbano. Bandeiras, pendões, flâmulas, panos bordados, xales raros de Cachemira e da Índia pendiam, ornamentando o teto e as paredes.

Sobressaindo por cima das bandeiras, presa a uma lança comprida, a bandeira com uma inscrição: SALADINO, REI DOS REIS, VENCEDOR DOS VENCEDORES, SALADINO, TAMBÉM, HÁ DE MORRER.

Os escravos esperavam, imóveis como estátuas.

Enquanto aguardavam, Saladino consultava um horóscopo que lhe dera o eremita. E pensava:

"Muito estranho tudo isto! Pretendendo adivinhar o futuro, engana aos que creem e ainda atrapalha o presente. Quem poderia supor que não era eu o pior inimigo de Ricardo? E que essa inimizade acabaria com o meu casamento com sua prima? Depois, descobre-se que o casamento do conde com Edith acaba com a inimizade entre Ricardo e o Rei da Escócia. Este, um inimigo mais perigoso do que eu: um gato danado dentro de casa é pior do que um leão no deserto. E a profecia afirmava que o marido devia ser cristão... e daí a esperança de que eu renunciaria à minha fé! Logo eu! Fica-te para aí, misterioso papel", concluiu, atirando o horóscopo em cima das almofadas.

– Mas que é isso? – disse para o anão Nectabanus, que acabava de entrar, com o medo estampado no rosto.

– Que é isso? – tornou a perguntar Saladino. – Vai-te daqui! Não estou com paciência para aturar loucos.

– Não sou louco , senhor. Tenho coisas graves a contar. Escutai-me, Sultão.

Assim, Saladino levou-o a outro quarto e ouviu o que Nectabanus tinha para contar. Mas foram interrompidas pelo som das trombetas que anunciavam a chegada dos príncipes.

Saladino recebeu-os com as atenções devidas. Abraçou o conde e deu-lhe os parabéns pela realização de suas esperanças, embora isso significasse o fim das suas próprias. Passou a elogiá-lo e reafirmar-lhe sua amizade. Disse que a afeição que tinha pelo conde não era menor do que a de Ilderim por Kenneth ou de Hakim pelo infeliz núbio.

– Um caráter como o teu, nobre e generoso, tem o seu real valor. Tanto faz no corpo de um cavaleiro, de um escravo ou de um príncipe real. Do mesmo modo que esta bebida fresca é tão apreciada numa taça de ouro como num vaso de barro.

O conde agradeceu os favores que recebera de Saladino. Mas quando seus lábios tocaram a taça, não pôde deixar de dizer:

– Ilderim não conhecia o gelo. Mas o Sultão sabe gelar o *sherbet*...

Um vulgar curdo não pode saber o que sabe Hakim. Tudo tem que ser de acordo com o disfarce que se usa...

Entretanto, o Arquiduque da Áustria, ouvindo falar em *sherbet* gelado, sem nenhuma cerimônia, tomou a taça que o conde deixara e bebeu grande quantidade:

– Que bebida deliciosa! – exclamou e passou a taça ao grão-mestre.

Nesse momento, Saladino fez um sinal chamando o anão, que entrou e pronunciou com voz rouca:

– *Accipe hoc!*

O Templário ficou trêmulo e pálido como se tivesse tomado um grande susto. Mas controlou-se, levando a taça à boca.

Não teve tempo de tocá-la com os lábios. A cimitarra do Sultão, como um relâmpago, de um só golpe, decepou-lhe a cabeça, que rolou para a extremidade do salão. O corpo manteve-se direito, por alguns instantes. Por fim caiu, ainda com a taça na mão.

Todos se movimentaram. Os príncipes levaram a mão às espadas. Ouviu-se o grito: TRAIÇÃO e o arquiduque deu um salto, supondo que o mesmo lhe fosse acontecer.

Mas Saladino tranquilizou a todos:

– Não receeis, nobre arquiduque. Nem tu, Ricardo, te ofendas com o que acabo de fazer. Não castiguei este homem pelas inúmeras traições. Nem por ter atentado contra a tua vida, conforme confessou seu próprio escudeiro. Não foi por me ter perseguido e ao Príncipe da Escócia, quando atravessávamos o deserto. Não tampouco por ter influenciado um grupo de maronitas a atacar-nos hoje, aqui, o que não deu certo porque eu trouxe tantos homens. Nenhum desses crimes me obrigou a castigá-lo. Mas esse homem há meia hora profanou a minha casa, apunhalando o seu cúmplice, Conrado de Montserrat. Com toda certeza, temia que o marquês confessasse os crimes que eram comuns aos dois.

– O quê? Conrado assassinado... e pelo grão-mestre, seu padrinho e amigo?! Sem duvidar de tuas palavras, nobre Sultão, gostaria de ver confirmada a acusação.

– A confirmação está aqui – declarou Saladino, chamando o anão. – Assistiu a tudo, pois entrara na barraca para furtar qualquer coisa. O doente dormia o sono provocado pelo poderoso talismã. O anão pôde remexer tudo à vontade, até que ouviu passos. Escondeu-se. Viu entrar o grão-mestre, que fechou a porta. O ferido acordou e perguntou a que vinha. Disse-lhe que para confessá-lo e absolvê-lo. O anão não se lembrava de mais nada, além das súplicas de Conrado, pedindo que não o matasse. E da punhalada que o grão-mestre vibrou-lhe no coração. Lembrava-se das palavras pronunciadas naquela hora: *accipe hoc*. Essas palavras que repetiu aqui e que condenaram o Templário. Eu mesmo fui examinar o cadáver e ordenei a este infeliz que repetisse as palavras do assassino. E todos viram o efeito que produziram na sua consciência.

– Sendo assim – falou Ricardo – foi um ato de justiça o que fizeste. Mas, por que, por tuas mãos e no meio de tanta gente?

– Meu plano era outro. Mas se não o fizesse aqui, agora, o assassino escaparia ao castigo. Depois que tivesse bebido do meu copo – e como viste ia fazê-lo – nem que tivesse assassinado meu pai eu não poderia tocar num só cabelo de sua cabeça. Mas vamos esquecer tudo isso.

Tudo voltou aos seus lugares como se nada tivesse acontecido.

A reunião prosseguiu. Os convidados tomaram lugar à mesa no maior silêncio. Só Ricardo se libertou de qualquer receio ou desconfiança. Procurou conversar. Quis saber de Saladino sobre o combate no deserto.

Saladino sorria e disse que os dois apenas experimentaram as armas. O escocês atribuiu a melhor ao Sultão e, dessa maneira, ninguém ficou sabendo a quem coube a superioridade na luta.

Ricardo disse que invejava o conde pelo tal combate, pois era grande honra lutar com o Sultão. E, aproveitando, desafiou Saladino para se baterem na praça, naquele mesmo dia. Decidiriam assim a sorte da Palestina.

A resposta de Saladino foi negativa. Apesar de julgar muito honrosa a entrada no Céu de maneira tão gloriosa, não podia permitir-se a um ato desses.

– Seria tentar a Deus e ao Profeta arriscar-me a perder, pela fraqueza do meu braço, aquilo que possuo pelo valor da minha gente. Não tenho herdeiro para colocar à frente do meu povo. Tu sabes: morto o pastor, dispersa-se o rebanho.

Ricardo concordou. Cumprimentou mais uma vez o conde pelo privilégio do combate no *Diamante do Deserto*.

Terminado o banquete, Saladino despediu-se. Aproximou-se de Ricardo e disse:

– Nobre Rei de Inglaterra, separamo-nos agora, talvez para sempre. Tua liga está dissolvida. Sozinho não podes conquistar Jerusalém. E eu não posso oferecer-te a Cidade

Santa porque ela significa para nós o mesmo que para ti e os teus. Mas, fora disso, sejam quais forem as condições do tratado que Ricardo deseja assinar com Saladino, ser-lhe-ão concedidas facilmente.

No dia seguinte, Ricardo voltou para o acampamento. Decorridos mais uns dias, o conde casou-se com Edith Plantageneta.

Como presente de noivado, o Sultão enviou-lhe o precioso talismã. Mais tarde, na Europa, curas surpreendentes foram feitas. Mas nenhuma se comparou àquelas que realizou Saladino.

O talismã ficou ainda, por muito tempo, na família de um nobre escocês a quem o Conde de Huntingdon o legou. E apesar de hoje se negarem os maravilhosos poderes das pedras milagrosas, muitas vezes recorreu-se ao talismã para curar hemorragias e mordeduras de animais raivosos.

Esta narrativa termina aqui.

As condições do tratado que Ricardo assinou quando saiu da Palestina e o mais que houve, depois, está tudo relatado em todas as histórias da época.

* * *

Impresso na Gráfica JPA Ltda. – Rio de Janeiro – RJ.